Dinorá

Obras do autor

234
33 contos escolhidos
Abismo de rosas
Ah, é?
Arara bêbada
Capitu sou eu
Cemitério de elefantes
Chorinho brejeiro
Contos eróticos
Crimes de paixão
Desastres de amor
Dinorá
Em busca de Curitiba perdida
Essas malditas mulheres
A faca no coração
Guerra conjugal
Lincha tarado
Macho não ganha flor
Meu querido assassino
Mistérios de Curitiba
Morte na praça
Novelas nada exemplares
Pão e sangue
O pássaro de cinco asas
Pico na veia
A polaquinha
O rei da terra
Rita Ritinha Ritona
A trombeta do anjo vingador
O vampiro de Curitiba
Virgem louca, loucos beijos

DALTON TREVISAN

Dinorá

3ª edição revista

EDITORA RECORD
RIO DE JANEIRO • SÃO PAULO
2007

CIP-Brasil. Catalogação-na-fonte
Sindicato Nacional dos Editores de Livros, RJ.

T739d Trevisan, Dalton
3ª ed. Dinorá / Dalton Trevisan. – 3ª ed. rev. – Rio de Janeiro: Record, 2007.

ISBN 978-85-01-07830-8

1. Conto brasileiro. I. Título.

07-2316
CDD – 869.93
CDU – 821.134.3(81)-3

Copyright © 1994 by Dalton Trevisan

Capa e ilustrações: desenhos de POTY

Direitos exclusivos desta edição reservados pela
EDITORA RECORD LTDA.
Rua Argentina 171 – Rio de Janeiro, RJ – 20921-380 – Tel.: 2585-2000

Impresso no Brasil

ISBN 978-85-01-07830-8

PEDIDOS PELO REEMBOLSO POSTAL
Caixa Postal 23.052
Rio de Janeiro, RJ – 20922-970

EDITORA AFILIADA

Sumário

Dinorá 7

Iniciação 9

Três Maridos 15

O Recipiendário 17

Vai, Valentão 21

O Menino 25

O Afogado 27

A Primeira Pedra 33

Capitu sem Enigma 35

O Solteirão 45

Receita de Curitibana 47

Oito Haicais 51

Esaú e Jacó 55

Ao Telefone 59

Um Conto de Borges 61

Araponga da Meia-Noite 63

Nove Haicais 75

Cartinha a um Velho Poeta 79

O Desmemoriado   83

Santíssima e Patusca   87

Lamentações da Rua Ubaldino   89

Tiau, Topinho   95

Chupim Crapuloso   101

Balada dos Mocinhos do Passeio   103

Ecos   107

Turin   109

Edu e o Cheque   111

Dez Haicais   115

Testemunho   119

Cartinha a um Velho Prosador   123

Cantiquinho   127

Quem Tem Medo de Vampiro?   131

Tudo Bem, Querido   135

Curitiba Revisitada   141

Noites de Insônia   151

Dinorá

Perdida por esse negão
Dava tudo pra ele
Era sandália era cigarro
Pinga da boa um radinho
Só quer dinheiro uma nota mais uma
O que ele tem?
Um ranchinho um guapeca um facão
Me surrou tanto não posso com a lata d'água
Ninguém por mim sou de menor
A mãe pobrinha lá no mato
Meu nome se duvida eu assino
Só que a letra sai trocada
O que ele traz é feijão podre
Esse arroz quebradinho
Praça ruim já viu
Nem uma cantada de velho sujo
Dona que gosta de bagunça
Toma cachaça diz nome feio levanta a saia

Eu chuva e sol aqui na calçada
Fumo não puxo cola não cheiro
Bêbado o negão se chega medonho
Bandida te mato de arrocho de goela
Dá porrada me deixa louquinha
Só não me beije que fico fria
Cada soco no olho
Me queima de cigarro me corta de faca
Do anjo fofo quase arranca o bracinho
Afoga o chorinho no travesseiro
Quebra tudo
Me tira sangue
Dinorá cadela da zona
Feita pra teu homem se servir
Até a peruca loira tive de vender
Que eu gostava tanto
Foi embora levou minha blusa de lã
Os dois vestidos o sapato vermelho
Quem me dá uma caixa de fósforo vazia?

Iniciação

— Trabalho pensando nele o dia inteiro. Entro em casa, o carinha com duas pedras na mão. Me cobra, reclama, agride, chora. Exige o brinquedo mais caro. Ai, vontade de fugir, nunca mais voltar.

— Ah, é? Por que não pensou antes? Bem lhe disse: comece com um vasinho de violeta. Uma coleção de bichos de vidro. Depois um peixe vermelho no aquário. Em seguida um gatinho branco. Filho? Só no fim da iniciação.

*

Aos três anos, monstro rebelde, já contestador. Na hora do banho, não pára quieto, umas palmadas, choraminga.

— Pa... pai. Pa... pai.

— Que pai que nada. Teu pai sou eu.

Do eterno ausente quer tudo saber. Discutem dia e noite. Aos colegas de escola diz:

— Ele morreu. De caveira, o paizinho.

De caveira: o fantasma da capa preta na cola do mau aluno.

*

Quando ele apanha, ameaça:

— Se você me bate, eu fujo.

— Ah, é? Para onde?

— A casa do pai.

Ela perde a paciência.

— Pode ir. Quer que arrume a lancheira?

Medroso ou indulgente, abraça a mãe.

— Fujo, não. Só de mentirinha. De você que eu gosto.

*

— Tua professora ligou. De castigo, você. *Beijando na boca os meninos.* Que feio, meu filho. Não é assim que se faz.

— ...

— Menino beija menina.

— Você é gozada, cara.

— ...

— Pensa que elas deixam?

*

Salta no colo da mãe e pede um beijo de estalo.

— Está bem. Só unzinho.
E oferece a face, lábio apertado. Com o piá, não:
mil deles, na boca, e molhados.

*

— Vivo só para ele. Pensa que reconhece? Mas
não me arrependo.

— Ainda beija na boca os meninos?

— Agora aprendeu. O que me pede, o tipinho, já
viu? Se fazendo bem pequeno.

— ...

— *Me dá o peito, mãezinha? Um pouquinho só,
antes de dormir. Mesmo sem leite?*

*

O pai fujão telefona tarde da noite, sempre bêbado: ela atende, ele quieto e mudo. Ela desliga, o tal insiste duas, três, sete vezes.

— Quer parar, cara? Sei que é você. Teu silêncio, cara, é a tua voz.

Na décima segunda vez, ele fala.

— Te vi na rua. Minissaia vermelha. Só para me provocar. Acha que não sei?

— Pobre de mim. Ganhei de presente. Porque vermelha não vou usar? Corta essa, cara. Me deixa em paz, cara.

Horror de ser chamado cara.

*

Nos primeiros dias do novo colégio.

— Que vergonha, meu filho. Sabe com quem estive? A tua professora. O que você disse para duas meninas da classe.

— Ela que é uma bruxa.

— *Quer fazer amor, docinho?*

— Não fui...

[12]

— *Eu pago bem. Só não vale papai-e-mamãe.*

— ...

— E eu, cara, já pensou? Queimada viva na fogueira. A mãe do maníaco sexual precoce. O docinho das meninas e, olhe aqui, três e meio em português.

Três Maridos

— Me olho no espelho, o que vejo? Uma dondoca ruiva, gordinha, linda. E de mim por que não gosto? Me sinto desgraçada. Meu marido estragou a minha vida. Tudo me dá — e não é o que eu quero. Por que tão infeliz, me diga. Sou vítima do cara perfeito, que me adora. Nada posso fazer senão chorar. Ele, sim, é o grande culpado.

— Já o meu marido, um pirado em coca. No seu tesouro, é sagrado, ninguém pega. Minha mãe e irmãs em visita. Cismou que, em vez de guaraná, a uma delas servi coca. E, para enganá-lo, mudei a garrafa. Uma cena medonha. Podre de rico, já imaginou, minha família e eu chocadas. Tudo por uma simples coca.

— E o meu, então? De manhã, acordamos, um não pode ver a cara do outro. Cada qual no seu banheiro, ainda bem. Ele almoça fora, volta de noite. E eu, bronzeada, joelho à mostra, só para humilhar. Fica me olhando, folheio uma revista, a perna estendida na mesinha. Daí na cama vem pra cima de mim. Ai, que nojo. Uma transa lá entre ele e a minha perna, não estou nem aí. Ele me fez assim. Era uma boba, cuidar dos filhos, as camisas brancas do fulano. Agora, não. Sou uma bruxa, a culpa é dele. Agora que pague. E eu, eu tinha tão bom coração, lembra-se?

O Recipiendário

Bem me lembro do nosso Dicésar, purista na linguagem, viciado nas louçanias do estilo. Referia o mais escabroso feito sem única expressão vulgar. Solene, bebericando o feroz conhaque, acenava ao garçom careca do Bar Americano:

— Mais um. E não me roube, ó Romeu. Ínsito bajoujo, mero alborcador de sítio!

Cabelinho pintado e lambido, um rosário de espuma no canto do lábio, evocava o seu famoso encontro com o grandíssimo herói. Na tarde de domingo, ali diante dos cartazes do Cinema Ideal, o aluno do Colégio Militar e o velhote de bigodões brancos, cartola, colarinho duro, bengala. O rapazinho, assombrado com os sete véus da vamp, nem reparou no figurão do perfil de águia e sotaque chiante.

— Gosta de cinematógrafo, meu filho?

Ergueu a cabeça, não podia ser: mal se iniciando nos mistérios do Rio, o pobre curitibaninho (vergonha, já perdeu um dos preciosos botões pretos da túnica) convidado por quem? O vulto emérito, lidador da força do direito, carne e osso, a página viva da História. Sentam-se na última fila, fim do diálogo, as luzes apagadas.

Acima das cabeças, o mágico feixe de poeira luminosa, abre-te-sésamo para a tua, a minha, a nossa caverna de sonhos. Demais para o coraçãozinho do menino, batendo forte e ligeiro. Já imaginava a carta ao pai, bravo capitão da artilharia, sobre o encontro que mudou o seu futuro — as jurídicas letras em vez das armas heróicas.

Seguia a dança do ventre da Agente H-21, a legendária Mata Hari. E, ao seu lado, os dois redondos vaga-lumes do pincenê fosfóreo. Ao ataque do piano na cena do quarto escuro, a brasinha do cigarro tudo o que se via da pecadora nua, sentiu o menino no joelho esquerdo (oh, não, da batalha campal no recreio, um rasgão na lista vermelha da calça) ali a mãozinha viageira do grande homem. Após meio século, de repente sob a mesa do bar, a mão sagrada bulindo perna acima.

— Sabe o que fui, ó verdes anos, naquela tarde gloriosa da História?
— ...
— Recipiendário de ademanes imortais!

Vai, Valentão

Ao me recolher, onze da noite, choro de gato no fundo do jardim. Algum vizinho saiu e o esqueceu lá fora? Miau-miau de filhote, talvez o dono queira educá-lo ao relento. Na cama, leio o verbo poderoso do profeta — e o mio aborrecido não pára. Pequeno, como pode chorar tão forte? Há de cansar, há de dormir. Quem disse? Noite inteirinha, o berreiro desgracido, sem única pausa. Me consolo que, se a mim tão irritante, ainda mais para a gente da casa. E os dois púcaros búlgaros ruivos, na fúria sempre acesa, o que esperam para abrir a janela, aos gritos: "Sai-te, gato babão. Roqueiro pirado. Seu grilo gago. Filho de uma guitarra elétrica. Arapon..."?

Cochilo, vigio, o miau lá no fundo. Pela manhã, exausto, meia hora de sono. Abro a porta ao Topi, que o seu latido faça calar o maldito gato. Estranho, nenhum pio. No banheiro, mais forte o miado, deve ser no prédio da esquina. Abro as janelas, cresce o lamento aflitivo. Puxa, será que viajou a família e se dane quem fica?

Saio para a varanda. Ao pé do muro, *dentro* do jardim, lá está o famoso herói. Assim que me vê — oi, meu salvador, amigão velho de infância! — corre ao meu encontro, miando, a colinha empinada. Branco e preto, aos pulinhos, penugem arrepiada, esbanja sedução e graça. Máquina fabulosa de brincar, simples gatinho. Nada que se compare, nuvem peluda e fofa com patinhas.

— Espere aí, cara.

Fecho a porta, chego até o vizinho, algum gato perdido? *Bicho? Ali no edifício?* É o velhote feroz de longa barba. *Nem canto de passarinho.* Essa, não, que coração de pedra teve coragem de jogar a pessoinha por cima do muro? E se cai na bocarra de um buldogue? Decidido: é meu, puro amor à primeira vista.

Mal de mim, agora me lembro: gato, a dona da casa não tolera — ui, que nojo. E o pobre Topi, já de barbicha branca, destronado no amor da família. A trinca de sabiás que salta no jardim? E os filhotes de minha irmãzinha, a corruíra nanica?

Os dois indecisos ali na soleira, olho no olho. Confiante, o bichano me esfrega na perna a colinha fagueira. Só o focinho de fora, observa o movimento na rua, se vira para entrar — hora do leitinho quente.

— Isso aí, meu velho — ergo de leve o pé. — Vai, valentão do mundo.

E lhe empurro docemente a bundinha degrau abaixo.

— É todinho seu.

Fecho o portão e, sem olhar para trás, volto aos meus cuidados.

O Menino

No jardim da saudade o homem de mão dada com o menino. Ao longo da grama verdinha, em silêncio por entre as lousas brancas. Diante do túmulo querido baixam a cabeça e sussurram uma prece.

— De que você mais gosta, meu filho, quando vem aqui?

O murmúrio sereno da pequena cascata nos degraus de pedra. As árvores anãs. O canteiro de imaculados seixos redondos. O jogo de sombras na trilha sinuosa do bosque.

Ao longe, na rua, os carrinhos de pipoca, sorvete, cachorro-quente.

E o menino, banguelo e feliz:

— De comer.

O Afogado

Estala ao vento a bandeira vermelha. Ali uma flecha: perigo, a corrente puxa mar adentro. Que frio, as grossas ondas se enrolam e rebentam sujas de areia. No rasinho uns poucos banhistas, mais de seis da tarde, até o salva-vida se foi.

Molho os pés, um arrepio na espinha, disposto a recuar: a onda te arrasta, na vazante. Olho para o alto do rochedo, quem vejo? Uma fita encarnada no cabelo, o meu anjinho loiro de coração oco. Vestida de nuvem branca e, ao lado, um panaca feliz. Ai, sua ingrata.

Rejeitado, me atiro à água. Epa, o vagalhão vai estourar, me derrubar, esfregar a cara na areia. Pronto, mergulho na goela negra, lambido para fora. Me liberto, vindo à tona. Já não tenho pé, aflito. Umas braçadas fortes, outra vez sem tocar o fundo. Pior, longe da praia — sem óculo, tudo mais distante.

Calminha, ô louco. Não se bata, nada de pânico. Fica frio, respira, meu irmão, no ritmo da braçada.

Minutos depois, ergo a cabeça, ai, não, Jesus Cristinho. Mais ao largo, sou arrastado pela correnteza. Ó vergonha, levanto o braço, agito a mão, um tímido pedido de socorro — e o ridículo, já pensou? Ela me vê, puxado por uma corda, cara todinha roxa, barriga inchada d'água — e sob a vaia geral?

Não pode, um engano absurdo. Muito moço para morrer, não eu, na flor dos quinze aninhos. Busco-a em despedida, o rochedo deserto, ela nem me viu. Que fiasco: morro por ela, chamar a sua atenção — e me dá as costas, ouvindo o canto de sereia do outro. Posso gritar à vontade, tarde demais, ninguém na praia.

Quietinho, você aí. Meio boiando, meio engolindo água. No peito duas patas no duro galope. Sobre mim o incêndio deslumbrante do céu. Final glorioso do dia, o fim triste e solitário do nadador, mal se debate. Em vez do desespero, uma grande calma. Levado ao léu das ondas, movendo de leve os pés. Só me falta uma câimbra — ai, por que lembrei... Agora é certa. Brilham relampos de minha vidinha tão curta, agonizando estou? Morrendo, me afogo sem sentir, afundo terceira vez?

Não, me entrego não, arrasto os braços pesados, hei de lutar até o finzinho. Já não penso, nado apenas. Já não nado, bóio apenas. Sem rumo, na direção da praia — ou alto-mar? Nunca um crepúsculo assim tão belo. De mim me despeço, pragas e gritos de uma louca prece.

De repente, ao embalo de forte onda, eis o pé que toca *na areia*. Graças, meu Deus, pô. Ave Rainha, pô. O coração explodindo de alegria — salvo, seu babaca. Depositado pela corrente na curva da praia, rastejo de joelhos fora da rebentação. Tonto, engasgado, cuspindo tripa e areia. A alminha uiva em delírio — vivo, urrê. Me sento na faixa seca, eta marzão desgracido. O céu em chamas cai e rola nos fogos do mar, não foi o meu último dia.

De pé, nasço de novo. Ai, minha mãe, já pensou? Que dor da pobre mãezinha. Me apalpo, beníssimo, plantado aqui nas pernas. Epa, marcha, soldadinho, marcha pro hotel.

Lá vem um cachorrão ao meu encontro, todo negro e peludo — oi, cachorrinho, tudo bem? Estalo os dedos e, grande surpresa, ele simplesmente me ignora. O cara passa por mim, *sem me ver*. Já cruzou por um guapeca sem que rosnasse ou sacudisse o rabinho? Quase me sento, a perna fraca e trêmula — se não me viu, será que... ele, o famoso Cão Negro das profundas? Me afoguei de mesmo, será? Não sabe o morto, não é?, quando morre. Circula um tempo entre os vivos até aceitar que já se foi.

Agora é um homem no meu caminho. Esse não pode me desconhecer. Um na direção do outro. Se um vivente, por que tão estranho? Todo vestido, ali na praia, a silhueta negra contra o céu, sem rosto à sombra do chapéu.

Puxa, que susto. Dele desvio, não me cumprimenta, sequer me olha. Ai, não, meu Jesusinho. Também ele não me viu? Outro afogado, será?, vagando atrás de sua consciência. Ambos esperando a revelação da própria morte? Onde apoteose igual no banho de sangue dessas muitas águas?

Ninguém na praia, além de mim, o vulto negro, o cachorrão negro. Decerto hora de jantar, janelas acesas ao longe. Esquisito, as ruas vazias. Sem pressa, avanço pela trilha na grama. Me volto, um longo adeus: ai, que tardinha mais escandalosa para morrer. Com tantos gritos. Lençóis rasgados de espuma.

Chuva de pétalas púrpura de rosas. Beijos molhados de milhar de línguas. Cavalos brancos empinados e relinchantes.

Todo iluminado, o velho hotel. Deserta a varanda, entro pelos fundos. Me demoro sob o chuveiro. Gesto vão para um afogado? Qual o tempo da revelação de minha...

Estranho, vê uma sombra ao teu lado? Nem eu. Nos corredores, o eco do silêncio. Subo a escada, chego ao quarto. Me esfrego de rijo na toalha, o talco nos dedos do pé, ainda que inútil. Ó delícia da camisa quentinha no peito roxo.

Não é que me vesti sem me olhar única vez? O pente na mão, já me falta coragem: e se eu... No espelho, dizem, o morto não se reflete. Na dúvida, me ajeito diante da janela, cada gesto o derradeiro? Nunca um silêncio tão fundo, nunca o simples ato de pentear assim intenso, nunca a roupa no corpo tão conchegante.

De mansinho desço a escada, vê alguém? Ao longo dos corredores, nem vivalma. Do salão iluminado a bulha de talheres, vozes, risos. Me detenho diante da porta envidraçada.

E se, em vez de entrar, eu recuasse: um tantinho mais, fruir a doce vida, migalhas de paz que me restam. Mão suspensa no trinco, ali me esqueço, o coração batendo, ele, sim, com força na porta. Não fui eu, minha mão nem a tocou. Mal encostada se abre sozinha.

Na primeira mesa um grupo de quatro amigos em ruidosa conversa. Ouço passos rápidos às minhas costas. Alguém no corredor dirige-se ao salão — e se passar *através* de mim? Perdido, ó Senhor, eu não devia... Por que não esperei no quarto um nadinha só?

Do terror o óculo embaçado — ou já não tenho olho, comido pelos caranguejos? Sei que ali está a bem querida, ao menos o consolo de sua única visão, por ela não foi que me afoguei? Refazer o caminho eu pudesse. Não ter molhado os pés lá na praia. Por que não atendi a bandeira vermelha... antes de me esvanecer no ar — com um ai, uma fumacinha, um berro? Ai, não, atrás de mim os passos pesados. Se chegam, me alcançam, é tarde.

Ao fundo gemido os quatro amigos se voltam — foi a porta? Um deles ergue a mão, alegrinho:

— Oi, cara.

[32]

A Primeira Pedra

Depois de escrever com o dedo na terra, Jesus fala aos acusadores da mulher adúltera. Ali no meio do povinho, Ester, Safira e Jezabel, famosas puritanas, cada uma com dois seixos na mão.

Mal Jesus remata com quem for sem pecado, atire a primeira pedra, João acode:

— Falou e disse, ai, Jesus.

E a puxá-lo firme pela manga:

— Se abaixe, Mestre, lá vem pedra.

Capitu sem Enigma

Até você, cara — o enigma de Capitu? Essa, não: Capitu inocente? Começa que enigma não há: o livro, de 1900, foi publicado em vida do autor — e até a sua morte, oito anos depois, um único leitor ou crítico negou o adultério? Leia o resumo do romance, por Graça Aranha, na famosa carta ao mesmo Machado: *"casada... teve por amante o maior amigo do marido"* — incorreto o juízo, não protestaria o criador de Capitu, gaguinho e tudo? Veja o artigo de Medeiros e Albuquerque — e toda a crítica por sessenta anos. Pode agora uma frívola teoria valer contra tantos escritores e o *próprio autor,* que os abonou? Entre o velho Machado e a nova crítica, com ele eu fico.

Só uma peralta ignara da biografia (Carolina e seu passado amoroso no Porto) e temática do autor (ai, Virgília, ai, Capitolina, ai, Sofia) para sugerir tal barbaridade. Certo uma tese queira ser original, inverter o lido e o sabido: Capitu inocente, apenas delírio do

[35]

ciumento Bentinho, o nosso Otelo. Que ela defenda a opinião absurda, entende-se. Levá-la porém a sério, e gente ilustre, nossos machadistas? Tão graciosa como dizer que Bentinho não amava Capitu e sim Escobar. Do nosso bruxo muito ela subestima o engenho e arte, basta ler o artigo em que Machado expõe as falhas de composição e o artifício dos personagens do *Primo Basílio* (o pobre Eça bem aceitou e calou): "Como é que um espírito tão esclarecido, como o do autor, não viu que semelhante concepção era...?" Para o bom escritor um personagem não espirra em vão, na seguinte página tosse com pneumonia. Se pendura na parede uma espingarda, por força há que disparar. Nosso Machadinho ocuparia *mais da metade do livro* com as manhas e artes de dois sublimes fingidores sem que haja traição? Como é que um espírito tão esclarecido não veria...

Só treslendo para sustentar tão pomposo erro. De Capitu o longo inventário: "olhos de cigana oblíquos*
e dissimulados; aos quatorze anos... idéias atrevidas...

---

*"O riso oblíquo dos fraudulentos" (em *Papéis avulsos*) e "olhar oblíquo do meu cruel adversário" mais "o olhar oblíquo do mau destino" (em *Histórias sem data*).

na prática faziam-se hábeis, sinuosas, surdas, e alcançavam o fim proposto; mais mulher do que eu era homem; éramos dois e contrários, ela encobrindo com a palavra o que eu publicava pelo silêncio; aquela grande dissimulação de Capitu; já então namorava o piano da nossa casa; a pérola de César acendia os olhos de Capitu; nem sobressalto nem nada... como era possível que Capitu se governasse tão facilmente e eu não?; a confusão era geral... as lágrimas e os olhos de ressaca; minha mãe um tanto fria e arredia com ela; já é fria também com Ezequiel; não nos visita há tanto tempo; Capitu menina... uma estava dentro da outra, como a fruta dentro da casca"; etc.

De Escobar, esse "filho de um advogado de Curitiba" (ai de ti, pode vir alguma coisa boa de Curitiba?), outro finório e calculista: "olhos fugitivos, não fitava de rosto; as mãos não apertavam as outras; testa baixa, o cabelo quase em cima da sobrancelha; o comércio é a minha paixão; sua mãe é uma senhora adorável; dê-me o número das casas de sua mãe e os aluguéis de cada uma; era opinião de prima Justina que ele afagara a idéia de convidar minha mãe a segundas núpcias; os olhos, como de costume, fugidios; ouvi falar de

[37]

uma aventura do marido, atriz ou bailarina; fazendo ele os seus cálculos, eu os meus sonhos"; etc.

Agora quer o flagrante dos amásios? Lá está, no capítulo "Embargos de Terceiro": a esposa alega indisposição, o marido vai ao teatro, volta de repente, surpreende o amigo que inventa falso pretexto. Em "Dez Libras Esterlinas", Capitu revela os escondidos encontros com Escobar. "Uma vez em que os fui achar sozinhos e calados; uma palavra dela sonhando", etc. Mais não peça ao virtuoso da meia frase, do subentendido, da insinuação ("...e pude ver, a furto, o bico das chinelas" — "Missa do Galo"), bem se excedeu nos indícios contra Capitu. Que pretende ainda a crítica alienada: a chocante cena de alcova? Chegue o autor "ao extremo (no mesmo artigo sobre o Eça) de correr o reposteiro conjugal"? Do Machadinho, não.

Tudo fantasia de um ingênuo e ciumento? Quer mais, ó cara: a prova carnal do crime? A Bentinho, que era *estéril*, nasce-lhe um filho temporão — "nenhum outro, um só e único". Ei-lo, o tão esperado: "De Ezequiel (menino) olhamos para a fotografia de Escobar... a confusão dela fez-se confissão pura. Este era aquele..." Um retrato de corpo inteiro, é pouco?

"Ezequiel (adulto)... reproduzia a pessoa morta. Era o *próprio, o exato, o verdadeiro* Escobar. Era o meu comborço; era o filho de seu pai."

Para um escritor que conta, mede, pesa as palavras, onde a suposta ambigüidade? Nada de ler nas entrelinhas. Lá está, com todas as letras: "o próprio, o exato, o verdadeiro". Dúvida não haja no espírito do leitor menos atento. E agora você, forte blasfêmia: apenas mimetismo social, Ezequiel um camaleão humano? Não queira separar o que o autor uniu: no capítulo "O Filho É a Cara do Pai", Bentinho já "é a cara do pai... veja se não é a figura do meu defunto". Nada de vaga semelhança e sim imagem igual. Pretender ainda mais: uma cruz de fogo na testa?

No caso de Ezequiel, nem se trata de suspeita (um estranho no ninho de tico-ticos), é o escândalo da evidência (o negro filhote de chupim) que salta aos olhos: de José Dias, a prima Justina, dona Glória já desdenha a nora e rejeita o neto putativo. Iria uma avó amantíssima repudiar o único neto e afilhado — não fosse a cara do outro, o andar do outro, a voz do outro, as mãos e os modos do outro?

[39]

Não só o retrato físico: "a voz era a mesma de Escobar; tinha a cabeça aritmética do pai; um jeito dos pés de Escobar e dos olhos; e das mãos; o modo de voltar a cabeça"; etc. Tem mais: "Escobar vinha assim surgindo da sepultura; eu abria os olhos e a carta, a letra era clara e a notícia claríssima; a própria natureza jurava por si; o *defunto falava e ria por ele.*" São signos turvos na água, de quem não afirma a óbvia conclusão, uma só e única?

Ezequiel, tudo isso e o céu também — uma ilusão dos sentidos, como quer a modernosa crítica? Ou é a cópia fiel, a réplica perfeita, no filho a figura mesma do amigo. Dúvida? uma gota de sangue, ambigüidade? na gema do ovo.

Pois longe de Capitu, solitário não ficou o nosso Bentinho: "...sem me faltarem amigas que me consolassem da primeira". E acaso um só fruto dessas muitas ligações? Ai dele, incapaz de gerar — "nenhum outro veio, certo nem incerto, morto nem vivo".

Se o autor não merece fé, a confusão é geral: o libelo de um chicanista fazendo as vezes de falsa testemunha, promotor e juiz? Um porco machista da classe dominante condena a bem querida, não por traí-lo, só por ser mulher e ser pobre? E mais: Bentinho casa com Capitu a fim de esconder a fixação na santa mãezinha. Nos lábios de Escobar, nossa heroína colhe o beijo da esposa dona Sancha. Escobar, esse, transfere a Capitu o amor secreto pelo Bentinho. O filho Ezequiel delira de febre por dois arqueólogos ao mesmo tempo. E dona Sanchinha? Feliz com o seu advogado em Curitiba, que lhe vem a ser o sogro. Etc.

Certo, a voz de Bentinho, só conhecemos a sua versão — e como podia ser diferente, uma história contada na primeira pessoa. E que pessoa é esta? Um Orlando furioso, em cada árvore as iniciais da infidelidade? Otelo possesso na cólera que espuma — ver o lenço e afogar Desdêmona, obra de um instante?

Nem Otelo nem Orlando, eis o nosso herói: uma doce pessoinha. Esse manso viúvo Dom Casmurro, *quatro decênios* idos e vividos, a evocar piedoso, confiável, sereníssimo — "a minha primeira amiga e o meu maior amigo... que acabassem juntando-se e enganando-me..."

Enfim que tanto importa se Capitu não traiu — a mesma conseqüência na separação do casal? Epa, mais respeito com a própria, a exata, a verdadeira intenção do autor. Que esteja dizendo o contrário do que escreve? O discurso machadiano entendido ao avesso é ululante *anacronismo crítico* — na tua segunda leitura (Borges) a terceira volta do parafuso (James).

Acha pouco, ô bicho? Que tal a admissão da nossa pecadora? Capitu rebelde, obstinada, desafiante ("beata! carola! papa-missas!"), colérica, orgulhosa, tudo aceita passivamente — o exílio, o castigo, a culpa. Quieta e calada na Suíça, escreve ao marido "cartas submissas, sem ódio, acaso afetuosas... e saudosas". Sem gesto ou grito de revolta, a feroz contestadora? E, não bastasse, louvando ainda o seu carrasco — *"o homem mais puro do mundo, o mais digno de ser querido"*. Ei, cara, é o estilo da vítima de uma acusação infame? Se a filha do Pádua não traiu, Machadinho se chamou José de Alencar.

Você pode julgar uma pessoa pela opinião sobre Capitu. Acha que sempre fiel? Desista, ô patusco: sem intuição literária. Entre o ciúme e a traição da infância, da inocência, do puro amor, ainda se fia que o bruxo do Cosme Velho escolhesse o efeito menor? Pô, qual o grandíssimo tema romanesco de então, as fabulosas Ema Bovary e Ana Karenina. A um pessimista, viciado no Eclesiastes, toda mulher ("mais amarga do que a morte") não é coração enganoso e perverso, nó cego de "redes e laços"?

Inocentar Capitu é fazê-la uma pobre criatura. Privá-la do seu crime, assim a perfídia não fosse própria das culpadas? Já sem mistério, sem fascínio, sem grandeza. Morreu Escobar não das ondas do Flamengo e sim dos olhos de cigana oblíquos e dissimulados. Por que os olhos de ressaca, me diga, senão para você neles se afogar?

O Solteirão

Solteirão hipocondríaco, trabalhando na farmácia, se injeta diariamente dose generosa de vitamina C. Do excesso, brotam cem furúnculos no pescoço. Para se desintoxicar, uma estação de águas. Lá conhece uma santa senhora, muito feia, com descamação na pele. Solitário e aflito, se permite nos braços da vizinha uma noite de consolo. Meses depois, cada um na sua casa, ela telefona: *Estou grávida*. Regra moral ou lei religiosa, ele casa, infeliz para sempre. E, sendo pouco, resfriado um, gripada outra.

Receita de Curitibana

o poeta bem me perdoe
beleza não é fundamental
começa que muito feia
mulher nenhuma é foi será
fundamental mesmo é toda mulherinha
ó filhas de Curitiba
a primeira a do meio a última
quanto mais uma falsa feiosa
o abraço mais apertado o beijinho mais quente
tua fórmula contada medida pesada não de
[mulher
sim deusa impossível
de tantas complexo de inferioridade
o cruel inventário de vergonhas defeitos culpas
um basta à discriminação
deliras poeta as muitas letras te fazem delirar
nua e louca nos teus braços
cada tripa um coração latindo de amor

qual é me diga a mulher feia
tudo bem com o rostinho de pássaro lírio nuvem
seja nariz curto comprido reto papagaial
na diferença um novo encanto
pouco vale o corpo magriço da rosa de anorexia
se é a flor do enjôo tédio não me toque
abre os teus braços ao fino feixe de ossos
mais ainda a essas babilônias de jardins
                          [suspensos
pirâmides de broinhas mimosas em marcha
pororocas de muitas águas com peixinhos
                          [vermelhos
cada curva prega dobra a mãe de todas as
                          [batalhas
como pode ó cara
qualquer mulherinha sem exceção
um certo não sei que particular original
única entre todas
um par de seios já viu um par de tudo
não só os dotes físicos que tal as prendas morais
sem falar das muito secretas
santas e pecadoras
megeras e mártires

[48]

escravas e domadoras furiosas de chicotinho
ai Senhor chicote e botinha preta
viva o seinho na metade do limão-galego
sem desfazer dos mamelões colossos
mal abarca um deles nas tuas mãos cheias
ganha com sorte uma gotinha de puro deleite
o que conta no olho grande redondo pequeno
                                    [rasgado
é a lágrima fácil do delírio que espuma
alta baixa gorda magra loira morena
ninfeta coroa velhinha santíssima
amá-las a todas é o que te seduz
palmas à diáfana bailarina
bem mais aos teus passos nas nuvens da volúpia
não o ventre mas a dança do ventre
de que te servem as ricas saboneteiras
sem o chupão de fogo na nuca
nada de lindeza enjoadinha estéril narcisista
antes a mulher completa
árvore farfalhante ninho de passarinho muita
                                    [fruta
bandinha com clarins e bandeiras
cisne de asas abertas suspenso sobre a água

altar de sarças ardentes
ela a sereia perneta você o canto forte
menos um antebraço uma orelha um pré-molar
que diferença faz
melhor combateremos de luz apagada
uma de tuas mãos presa na guarda da cama
eis a verdade única meu poeta
sabido que muito feia
mulher nenhuma é foi será
salve salve a eterna mulherinha
ó filha de Curitiba
morrendo de tanto beijo a cada hora na gritaria
[da paixão
gatinha crucificada nos cravos da luxúria
jardim de flores carnívoras
cada tripa um coração latindo de amor
nua e louca nos teus braços
me diga é feia essa mulher

Oito Haicais

1

As folhas da laranjeira batem asas numa gritaria: pardais.

2

O gordo, muito infeliz:
— Se você não pode comer um, dois, três quindins, de que vale a vida?

3

— Aprendi a lição, minha velha. Foi um bom susto. Chega de cigarro, bebida, má companhia. Acabaram-se as noites de loucura. E para você o desgosto e a vergonha. Já não sou o maldito bêbado que te infernizei os anos. Tive uma longa conversa com o nosso doutor. Você está olhando para um novo homem.

Mal sabe ele que, segundo o médico, tem uns poucos dias de vida.

4

A cigarra anuncia o incêndio de uma rosa vermelhííííssima.

5

Jovem mãe aos gritos para a filhinha que chora e morde a chupeta:

— Viu só? Um refinado canalha esse teu pai, é ou não é?

6

— Por que não quer viver comigo? Acha que sou um monstro?

— Bonito, sabe que não é.

— Você gosta do cara?

— Nem tanto.

— Mais dele que de mim?

— ...

— Só porque já matei uma? Bem ela pediu. Não é o que a traidora merece?

7

Toda a infelicidade do homem vem de não saber deixar o carro na garagem.

8

Uma nuvenzinha branca enxuga no arame do varal.

Esaú e Jacó

Penúltima obra-prima do nosso Machadinho? Releitura penosa, tédio apenas. Estilo duro, onde os primores d'antanho? Falto de prendas e encantos. O engenho carunchoso. Repetitivo, nenhuma imagem original, nenhum torneio supino de frase. Numa palavra: obra menor, jamais prima.

Sem interesse, sem conflito, sem novidade. A mesma situação tropeça por mais de quatrocentas páginas, aborrecida, cansativa, com mínimas variações. O motivo condutor (a cabocla do Castelo) é gratuito, absurdo, inconsistente: a versão nativa da nossa Esfinge, da nossa Cassandra, das nossas três bruxas de Macbeth? Dos personagens nem um só tem recheio humano, relevo, pobres fantoches só falam por frases feitas, repetem lugares-comuns. O Conselheiro Aires? Um velho patusco, e pior, o precioso ridículo.

Ai, que livro mais chato. Nem pelo estilo justifica a leitura; a frase arrevesada, sem fluência nem graça.

Que mal aproveitado o 15 de Novembro: a nossa batalha de Waterloo pelo Conselheiro Del Dongo? Nenhuma cena para lembrar, nem uma frase para guardar, nadinha se salva em tão completo desastre.

Como se explica tamanha decadência? Decerto a esclerose dos anos 60, ai de nós, o estilo arrasta os pés, cada tentativa de cambalhota uma queda desastrada. Do mesmo autor temos assim o melhor e o pior — e no pior se inclui o *Memorial* (fica para a próxima). Se isso é verdade, por que ninguém diz? Outro enigma de Capitu, um só não basta.

Todos personagens planos, vazios, apenas o nome distingue um do outro. Os mesmos no início e no fim, nunca surpreendem, em nada modificados pelos eventos. Não motivam a ação nem por ela são tocados. A suposta sabedoria do Conselheiro, pura repetição de platitudes, engraçado sem graça, cita as próprias (segundo ele) frases de espírito.

Que fim levaram os brincos de estilo, os achados a cada página, as finezas psicológicas, os piparotes no leitor que fazem a delícia dos três grandes livros? Tão piegas tudo, a cabocla, os gêmeos, essa pobre Flora (ao lado de Capitu, Sofia, Virgília), diálogos, humor. Nada acrescenta à obra do Machadinho, bem pelo contrário. Livro para ser lido uma vez, fechado e esquecido. Que você acha, cara?

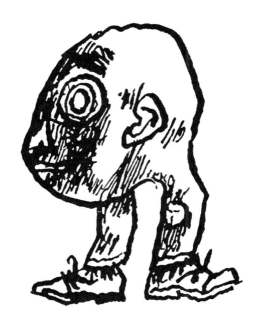

Ao Telefone

— Alô.

— Oi, é o Y. Tudo bem? Te pedir um conto para o**. Pagamos bem e...

— Quem está falando?

— Se lembra de mim, o Y? Tudo bem? Oferecemos o dobro do que...

— Quem lhe deu o meu número?

— Um amigo nosso. Pode ser história de...

— E o nome dele?

— Bem, o nome não... O caso é que... Está combinado, então? O preço é...

— Amigo meu nunquinha que não.

— É que ele... O que importa é o...

— Se não lhe deu o número você não pode me ligar.

— ...

— Se não me ligou não devemos estar falando.

— ...

— Logo este diálogo jamais aconteceu.

— Alô? Ei, pô, não desli...

[59]

Um Conto de Borges

No seu célebre conto "Emma Zunz", Borges descreve o plano engenhoso da moça para se vingar do patrão, responsável pela morte do pai dela.

Certo dia Emma lhe telefona e obtém, com falso pretexto, uma entrevista secreta à noite. Era virgem e na mesma tarde se entrega a um marinheiro desconhecido. Em seguida o encontro com o patrão, que mora sozinho. Ao vê-la nervosa, ele vai buscar um copo d'água. Emma, já sabendo de um revólver na gaveta, recebe-o com três tiros. Daí desarruma o divã, desabotoa-lhe o paletó, retira-lhe o óculo. E avisa a polícia: "O senhor L. abusou de mim, eu o matei..."

Assim conclui Borges: "A história era de fato inacreditável, mas se impôs a todos, porque substancialmente era certa. (...) Verdadeiro também era o ultraje que havia padecido..."

Esse o crime perfeito, a trama sem falhas, o fabuloso estratagema com que Emma, vingando o pai, iludiu a justiça. Bem pouco sabes, Jorge Luis, das práticas do amor físico.

Jamais a pobre Emma se livraria com farsa tão simplória. Inacreditável até ao mais ingênuo policial amador. Verdadeiro, sim, o ultraje que havia sofrido. Só desprezou um pequeno detalhe, o mais elementar: o suposto instrumento da violência. Desabotoou, muito bem, o paletó do senhor L. E qual o estado da presumida arma? *Ay, carajo!* sequer foi disparada, inofensiva no estojo. Ela, a prova reveladora da inocência do patrão; intocada, íntegra, imaculada — sem gota nem sinal do abuso. Limpa do sangue da moça.

Araponga da Meia-Noite

Fim de tarde, João ali no escritório, gemendo, mãos na cabeça: E agora? De você o que vai ser? Me sinto desgraçado, querida princesa.

Sem aviso o Edu irrompe, um toque na porta, já dentro da sala; indiscreto, quem sabe um cliente, seja colóquio amoroso, pouco se importa. Bufando, todo se sacode o gorducho patusco, a calva brilhosa.

— Vim te buscar. Preciso de companhia. Vai provar o melhor peixe da tua vida.

Hoje, não, o outro não pode, meio indisposto.

— Não aceito desculpa.

Começa que não avisou em casa.

— Desde quando você avisa?

A verdade, quer saber? Falto de dinheiro, o maldito gerente devolveu um e outro cheque.

— Estou na pior, meu.

— Isso não é problema. Ora, um divino atum japonês. E o polvo, ai, supimpa. Assim você espairece.

No restaurante, João aceita uma cervejinha, Edu quer uísque duplo.

— Perdido de paixão, cara. Desta vez é mesmo sério. A grande mulher da minha vida. Dela já te falei. Rita, Ritinha, Ritona. Acabo de telegrafar: *O Edu te ama*. E assinei teu nome.

— Epa, espera aí. Por que o meu?

— O teu e de mais cinco. Todos grãos-doutores da Ordem. Deve estar deslumbrada, a toda hora um mensageiro: *O Edu te ama, ele te adora*. Bem pensado, hein? Por essa ela não esperava.

— ...

— E a cada intervalo um ramo de rosas, do amarelo ao vermelho vivo. Você resiste? Nem eu. Ha-ha-ha.

Esse gordalhão pachola rinchando e fungando na tua nuca, já pensou?

— Sabe que um anjinho. Briosa, nada de interesseira. Boto o cheque na bolsa, ela me devolve, ofendida: *Isso o que pensa de mim? Quer me comprar? Dessas não sou*. Ritinha me ama, bicho. Se uma única me amou, é ela. Para ela sou o gostosão.

Estraçalha o peixe cru, em lágrimas e êxtase da verdosa pasta, ai não, escorre ali no queixo duplo.

[64]

— Ah, é? Se não aceita presente, desconfie. Acha pouco, isto sim, quer mais. Sabe o que ela quer? Pelo que me diz, a mocinha quer casar.

— Epa, comigo, não. Casado eu sou. E bem casado.

— Engraçado, você. Uma vigarista... tudo bem, uma tipa qualquer. Todos passam por ela. Égua do carro do Faraó na tropa de cavalarianos. Todos a troteiam e galopam. Chega tua vez. Ah, você, não. Dela faz uma concubina, a famosa teúda e manteúda. Ô cara, isso não se usa. Nada aprendeu, os maus passos do poetinha? Por um copo de leite, arrendar a leiteria? Todas anjinhos de cinco asas. E a tua santíssima mulher, já pensou? Acha que não sabe?

— Certo que não, e como podia? Minha velha tem classe. Uma escrava, heroína e mártir. Boca não tem para único ai. Até ignora o telefonema anônimo: *Sabe onde está o Edu? Agorinha mesmo? Nos braços da amante, sua cornuda. Quer ouvir o nome?* Sem um pio, ela desliga. Justo no Dia das Mães.

— Puxa, que...

— Diante dela devo cair de joelho. Seca e enrugada, já viu? Toda achacosa, mão trêmula. Mais aquela cruz pesada da filha.

— Você exibe a outra, não dorme em casa, viaja em lua-de-mel. E ela não sabe nem desconfia. Qual é a tua, cara?

— Este corpinho feito para o amor. Sou um profissional, trinta anos de prática forense. Donzela na fogueira, aprendiz de necrófila, piranha de gilete na peruca loira, a todas tiro de letra. Grande mestre, impune e faceiro, ha-ha-ha.

O outro um nadinha nauseado, esses brotos vivos de ventosa não me desgrudam o olhinho lilás.

— Com a Ritinha me supero, duas horas sustento o mais alto dó-de-peito. Suspira, geme, aos uivos. O que me diz, sabe, sem fôlego: *Puxa, que tarado. Isso é mais que deflorar. O meu primeiro, o meu único. Como você, querido, outro não tem.*

Sopra e assobia pelas fuças fogosas, mole pancinha obscena, moles tetas trêmulas — ah, essa, não. Me acha um panaca, ô meu?

— Essa é a quarta ou quinta? E as outras, quantas mesmo? Me lembro da Valquíria. Você me liga de madrugada, arrastá-la do portão de tua casa, bêbada, aos berros. Deportada para São Paulo, o delegado meu chapa. Senão até hoje no teu pé. Cicatriz não ficou no queixo? Era unha bem afiada.

— Um arrepio na espinha só de ouvir, ai, Valquíria.

— E a Beá, te jogou aquela gorda coxa na cara, que fim levou? Uma cadelinha. Epa, retiro a palavra. Te custou caro, não foi? Bom enquanto durou, sei: ai ventas, ai beiçolas, ai doce catinga. E depois? Quanto choro, hein?, que ranger de dentes.

— De uma, sim, reconheço. Você me salvou.

— Brígida, a sueca loura? Ou Lili, a poetisa lésbica?

— Ha-ha-ha. Pior, muito pior. Kátia, a virgem proibida. Exigiu anel de noivado, enxoval completo, lua-de-mel no Rio. Só daí tirou a roupa, mas não o casaco de pele. Se estou mentindo, eu cegue. Mãezinha, eu vi: toda cabeluda, do seio à coxa um negro pelego. Por isso era tão difícil. Em pânico: E agora, Edu? Sai dessa, Edu. O que estou fazendo, às três da tarde, com essa virago peluda do Circo Politeama Oriente? São tantos braços, dela nunca mais me livro, só bem mortinho. Nessa hora do maior desespero, toca o telefone. Quem o meu anjo salvador? Até hoje me pergunto: Como, tão longe, você desconfiou?

— ...

— Essa eu te devo, bicho. Não tem o que pague. Numa pior, conte comigo. Deus que te mandou. Ingrato não sou. Cara, salvou a minha vida.

— Corta essa, meu.

— "Urgente, filhinha. Doença na família, vida ou morte." Me visto, não acho uma das meias, era azul, não me penteio. Ela, toda cabeluda e meio duvidosa. Lá ficou, nua no espelho oval, fim de semana tudo pago. Eu rindo até as lágrimas no táxi e no avião, ha-ha-ha. Em casa, por uma semana, o mais penitente de todos os maridos. E bom marido não sou? Me responda, você.

— Bem, eu...

— Claro que sou. Certo que sou. Do que a Maria pode se queixar? Nada lhe falta. A cozinha, não reformei? Casa na praia, não comprei? Carro, vestido, jóia, perfume. Que mais ela quer? Bastante o meu amor para as duas — e sobra, ha-ha, para mais uma.

— Pra você não satisfaz a amante. Há que ostentá-la. Se os outros não sabem, graça não tem? Mostra uma pela rua, com outra desfila de carro, a terceira expõe no restaurante. Nada de caso discreto. Uma sucessão pública de manteúdas. Isso não se usa mais, ô meu. Não te basta reunir na mesma festinha a mulher e a amante mais o ex-marido. Os quatro uma só família feliz? Força é lhe passar a mão na coxa debaixo da toalha, ali na frente dos convivas. E acha que ninguém vê? Não vê a mão, certo. E esse olhinho vesgo perdido? O meio sorriso, esse mesmo, no carão baboso? O perigo te excita, sem ele nada? É isso? A famosa ejaculação precoce dos...

— Quem falou de precoce, pô?

— Você mesmo, ô louco. Nossa idade, vez por outra, um fiasco... esse alegre fiasco nem sequer humilha.

— Ah, isso? Uma crise já superada. Das outras, razão pode ter. Da Ritinha nada sabe. Ela me ama, sim. Me quer o dia inteiro, todos os dias. Sofre, chora, se desespera. Intriga das falsas amigas, sei lá. De repente nega o beijo, fria e ultrajada. *Agora, não, devemos conversar. Me dá um tempo. Você ocupa o meu espaço.* Bem o marido se queixava dos seus caprichos: machão, bebia e dava porrada. Deprimida e só, ela me culpa, eu no bem-bom, o conchego da família. *Não me respeita, homem. Só me quer para uma coisa. Pra você não sou gente. Sou a outra, a putinha de programa.*

"Essa, não, minha filha. Amo você inteirinha, corpo, alma e coração, direito e avesso, frente e atrás. Não me deixa pegar a mão? Pego neste pezinho. Beijá-la no rosto, não? Beijo esta covinha do joelho." Está curtindo, hein, irmão?

— ...

— *Nem sei se gosta de mim.* "Não sabe, né? Por você três quilos não perdi numa semana? Quer mais prova? Não raspei o bigodão de anos? Não guardei o óculo no bolso, não vivo rolando da escada?" Ah, sua putinha. Torto o olhinho ao longe no vôo da mosca invisível. Canhoto, vesgo, eructador de súlfur, você tem uma arara bêbada na linha cruzada.

— "Ritinha, você ganhou. Aceito me separar. Só me diga como. Uma filha neurótica e sadista, sabe o que é? A agressão com a mãe: *Vá tomar no...* Todo dia, toda hora. *Pô. Sua babaca. Pequeopê. Que merda* — no eterno sorriso de querubim. Minha triste mulher, cardíaca, o comprimido debaixo da língua. Duas mortes na certa. Sem contar uma terceira..."

Esfregando as mãos úmidas e papudas de medusa gargalhante.

— "Ai, no peito essa lacraia de fogo. Não me fale em médico, essa agulha de gelo na nuca, sei o que vai dizer. Prefiro morrer nos teus braços, querida." Ah, irmão, sacou essa?

— ...

— *Deixa disso, bem. Vai morrer, não.* Me belisca de leve a bochecha, odeio quando faz isso. *Tadinho do meu bem.* Ferida mas não vencida, sai você da frente: *Grandíssimo egoísta. Você é advogado. Sempre de má-fé. Por tua culpa que eu... Quando te preciso, onde está você? A pobre menina com ataque desmaiada nos meus braços?*

— Puxa, que...

— "Audiência não tive nesse dia? O juramento sagrado, e a ética?" *Lá você tem ética. Tudo me contou. O velho mestre, no exílio, te confia uma carta para a amante, outra para a mulher, e não troca você os envelopes? O perito Chico que até hoje... Os clientes, recebe e não... E as outras, quantas foram?*

— Essa, não. Pra ela contou. Das outras?

— Foi um erro, pô, quem não se distrai? Ela esperneia, sabe que perdeu. Ainda me chama de sofista, chicanista, chantagista sentimental — a mim, Jesus Cristinho. Logo a mim, já viu?

— Que desgracida, hein?

Ah, essa araponga louca da meia-noite, como fazê-la calar?

— Minha vez, bicho. Bem tripudio: "Se as abandono, Ritinha, as duas morrem. Sou um assassino. Que me separe, eu concordo. Me ensine como, sem sangue nas mãos. Se achar uma solução, tudo bem. Agora mesmo. Eu aceito." Ha-ha-ha. Os dois sabemos, cara, ela sem saída.

— E se...

— "Minha filha tem sonho recorrente: adeus, lhe dou as costas e, a mala batendo nos degraus, me afasto escada abaixo... Acorda chorando sentada na cama. Jura se matar, bem capaz. Já vê, Ritinha, o mesmo que a esfolasse viva. Seja eu então a morrer — eu só." Ela se acovarda e recua: *Puxa, você. Não é isso, bem. Por que tão trágico?*

— É filha contra filha. Dois blefadores de gênio.

— Daí o golpe final. "O que devo fazer, anjo, para me perdoar? De joelho quer que fique? Aqui estou, de joelho e mão posta" — aos berros, o prédio inteiro à escuta. *Pára com isso, homem. Chega, benzinho. Por favor. Por favor.* E a menina descabelada e gemendo na porta do quarto: *Vocês dois me deixam louca.*

— É, você ganha todas.

Do célebre atum e do polvo pelado, você gosta? Nem eu. O Edu come tudo, saqueia o teu prato, mais que se lambuza, o molho pardo no grosso papo balofo. Bebe dois uísques, todo o vinho branco, pede charuto. E remata com uma garrafa de coca, assim não dá azia. O amigo fica nas duas cervejinhas.

— Valeu, cara. Me fez bem, falar e ouvir, lavei a alma. Salvou minha vida, bicho. Foi a segunda vez. Isso aí, amizade. Você que é feliz. Em sossego a tua corruíra nanica. Sem drama nem problema.

Estala o dedo para o garçom, põe o óculo, confere a conta.

— Puxa, como está caro. É tanto. Por dois, tanto para cada um.

Nove Haicais

1

Dou com um perneta na rua e, ai de mim, pronto começo a manquitolar.

2

— Uma bandeja inteira de pastéis. Como escolher um deles? São tantos.

— Fácil: deixe que ele te escolha.

3

A tipinha de tênis rosa para o avô que descola um dinheirinho:

— Pô, você me salvou a vida, cara!

4

O inimigo de futebol:

— O meu amor pela Fifi é maior que o amor pelo Brasil.

A doce pequinesa que sofre dos nervos com a guerra de buzina, corneta, bombinha, foguete.

5

— Sabe o que o João deu para o nenê, filho dele? Meia dúzia de fraldas e um pião amarelo.

6

— Casei com uma puta do Passeio Público. Tinha tanto piolho que, uma noite dormia de porre, botei um pó no cabelo dela. Dia seguinte, lavou a cabeça e ficou meia cega.

7

De repente a mosca salta e pousa na toalha branca. Você a espanta, sem que voe — uma semente negra de mamão.

8

Parentes e convidados rompem no parabéns pra você. De pé na cadeira, a aniversariante ergue os bracinhos:

— Pára. Pára. Pára.

Na mesa um feixe luminoso estraga o efeito das cinco velinhas:

— Mãe, apaga o sol.

9

A chuva engorda o barro e dá de beber aos mortos.

Cartinha a um Velho Poeta

Conhece a lição do Rilke, a vida inteira para escrever um só verso e, impávido, lança mais um livro. Ora, um livro, ainda medíocre, ao mundo que mal fará? Começa que ninguém lê. E tantíssimo exalta a vaidade do autor. Perante o espelho, a família, os amigos, mais um título de glória. O nome na boca da fama, festa de autógrafo, entrevista, eis o prêmio que honra e consola. Sem falar no prefácio, menos que barão assinalado você não é; nas orelhas a série de elogios delirantes; o retrato na quarta capa, bigodeira e dentinho de ouro. Leio aqui e ali, disposto a gostar. Em vão: nem um adjetivo bem achado, uma rima original, um só lampejo de idéia. Pobre sucessão de frases feitas, banalidades, lugares-comuns. Até o ponto de exclamação um engano — não passa de uma vírgula. E me pergunto: não duvida do seu talento, você, gênio sublime ou asno pomposo?

Se ao Senhor a vingança pertence, por que devo eu apontá-lo, falso vendilhão de rimas? Beletrismo paranista — ó sagrado templo das musas pernetas. Sou profeta raivoso de Curitiba? Mal de mim, aborreço desde logo o pífio trovador. Injusta natura, anjo da guarda cruel: bom filho, bom marido, bom cidadão e, ai de você, mau poetinha.

Patético, eu? Mais um inocente pardal fanhoso — até que ponto inofensivo? Não se trata de mentira e farsa, péssimo exemplo para o aluno de letras? Palmas o que merece a vulgaridade ululante? Essa araponga louca da meia-noite que se faz de tenorino gago.

Como podem, você todo ancho e seus pares coroados, se levar a sério? Não se reúnem, proclamam vigília histórica; não se falam, gorjeiam trovinhas na ilha da ilusão; ó reis Ubus do ufanismo paranista, ó túmulos faraônicos da alienação espiritual.

Mau, mas meu — pipia você, grão-barão patusco. Mau, sim, nem seu, paráfrase, pastiche, pálido eco alheio. Quem dera do grande Manu, do velho Eliot. Em todo versinho insiste nas rosas babosas do Amor:

não fosse pai, jurava nunca viu uma mulher nua. Por que tanto repete nadinha de nada? Não sabe de que recheio os sonhos são feitos. Jamais leu no coração da amada, esse ninho de tarântulas cabeludas.

O Desmemoriado

— Meu velho João. Que bom te ver. Salve o tipo faceiro, covinha no queixo. Como foi a operação?

— Nem te conto, cara. Estava na loja pagando o gravador duplo. Nenhum aviso, tontura ou indisposição. De repente, em voz alta: "Epa, o que fazendo aqui?" A balconista achou que brincava. Ou nova técnica de cantada. Repeti, confuso: "Alguma coisa acontecendo comigo. Não sei o quê, mas é grave." Já viu, cara, um piscar de olho e sem memória, às seis em ponto da tarde? Me valeu o telefone de casa na nota fiscal.

— Poxa, que sorte.

— "Fale, moça: o que vim fazer aqui?" Fosse na rua, já pensou? Perdido de mim e de cidade. Avisado, o filho veio me buscar. Entro na sala: "De quem essa casa? Os quadros de muito mau gosto." E para a mulher: "Essa aí, quem é? Nunca vi antes." Sem passado, lembrança alguma, até as duas da manhã, já no hospital.

— E como foi...

— Daí o pior: enfiada de exames e doutores. Um cisto no cerebelo comprime a área da memória. Dois milímetros, e pronto a me apagar. Um ai, um espirro. Operado, agora com um tubo ligando a nuca... Me faz apalpar a saliência na farta cabeleira.

— ...ao peritônio, para drenar a região afetada. Abre a camisa e mostra na barriga o risco da cânula.

— No hospital o meu inferno branco de luxo. Da maldita injeção de iodo um ataque de gota. A enfermeira servia punhados de pílulas, drágeas, cápsulas. Um número de conta bancária. Quinto dia, sabe o que fiz?

— Me diga.

— Pois me vesti, xinguei o plantonista, me concedi alta. Em casa, muito em sossego, o prêmio da vodca dupla. Não é que os quadros são mesmo de mau gosto?

Primeira vez, há que de anos, sem gravata nem colete. Bigode bem aparado, sequer grisalhou, mais barrigudinho. Este o meu herói. A graça à beira do desespero. Arrastado e pendurado pelos calcanhares mas não vencido.

— Olha que docinho ali. Bravo à estação da bermuda e minissaia.

O esgar de riso em vez do queixume:

— O bom da amnésia, cara? Não ter sabido, de seis da tarde às duas da manhã, quem era aquela mulher.

Santíssima e Patusca

A professora vai à casa do Antônio e pede emprestados jornais, revistas, documentos particulares. Em boa-fé, ele confia. E o que a senhora faz? De tudo tira cópia, mesmo de cartas que só a ele e a mim pertencem. E a professora — sem permissão — divulga na sua tese trechos inteiros, entre aspas, de correspondência íntima.

Uma respeitável senhora, para fazer carreira, age assim levianamente? Ilude a confiança do Antônio, usa de falso pretexto, se apossa do que não é seu. Não bastasse o furto, ó dona. Uma carta publicada sem anuência do autor é crime sem perdão.

Duas vezes, no escritório do doutor Renê, afiançou a ele que se corrigiria. Admitiu seu erro, um ato ilícito. A professora divulgou segredo e violou direito autoral.

Era tese mimeografada, agora um livro, eis que insiste no furto escandaloso. Promete se emendar e não cumpre. Essa a lição da professora aos seus alunos? O método de trabalho, a regra de conduta?

A fim de alcançar uma nota sofrível, tudo lhe é permitido? Integridade moral, honestidade intelectual, respeito mínimo à lei — se não títulos acadêmicos, são valores desprezíveis na avaliação do Mestre de Letras? A senhora violou direito, publicou segredo, se apropriou indebitamente.

Muito triste o que fez. Uma tese deve ser honesta e limpa. Professora graduada, quase doutora, cinqüentenários cabelos grisalhos. Que vergonha, ó santíssima e patusca.

Lamentações da Rua Ubaldino

no princípio era o silêncio
na Rua Ubaldino
eis que o número 666
da Igreja Central Irmãos Cenobitas
ergueu cartazes
anunciando sinais e prodígios
não a flauta doce e harpa eólia
para louvar o Senhor
mas a caixa de ressonância
da buzina do Juízo Final
e o amplificador dos agudos desafinados
de Gog e Magog
além da mão esquerda
não saber o que faz a direita
as duas juntas
rompem no batuque iconoclasta do bombo
nunca tal se viu na Rua Ubaldino
de hospital escola gente calada

irmão cenobita ó irmão cenobita
que torturas o sossego
e flagelas os que te são vizinhos
cego e surdo
à perturbação do descanso público
por tuas guitarras e baterias de mil decibéis
serás condenado
bandinha maldita
nunca mais nasça ruído de ti
lançada no fogo eterno
com gritos e ranger de dentes
ai de ti que furtas ao próximo
o bem da quietude
uma grande heresia
se levantou entre nós
pedes num prato a cabeça esfolada viva
do silêncio
ó araponga fanha
da torre cenobita de Babel
sobre teus moucos pastores
caia o sangue do sossego profanado
trazes o alto-falante
onde cantavam o sabiá a corruíra o bem-te-vi

os testemunhos são conformes
é um protesto só
tu adorador da estridência
alarido cacofonia
ocupado em afligires
os que estão em calma
desarmonia o teu nome
porque ninho de muitos demônios
comilões da paz e beberrões do vinho
da poluição sonora
quando entrarão na vara de porcos
e no lago se afogarão?
perversa é essa igreja
e mais barulhenta que todas
ai de ti irmão ai de ti cenobita
importuno e molesto
angustias a alma da rua inteira
não te assentarás na cinza
nem te arrependerás do teu sacrilégio?
sepulcro aberto
empestam os ares as tuas blasfêmias
tua sentença é a execração pública
tu mesmo a pronunciaste

em vez do culto em surdina
propagas o escândalo sobre os telhados
sons malignos que não se podem aturar
de altíssimos que são
o Senhor dos Exércitos enviará maldição
aos predadores do sossego
és tu cenobita
atormentador do teu vizinho?
essa igreja central é um estrondo
deixou passar o tempo assinalado
morada de dragões
matracas e baitacas
onde o fiscal?
onde a lei do silêncio?
onde o que conta os decibéis?
o inimigo da Rua Ubaldino
nesse mesmo número 666
uiva baterista clama guitarrista
rebolai-vos no pó da danação
à tua porta já batem as duas ursas
chamadas por Elias
cala-te aquieta-te irmão cenobita
afasta de nós esse cálice da balbúrdia

e da aflição de espírito
casa de oração convertida em covil
de salteadores da paz
não o pão
mas a pedra dodecafônica
não o peixe
mas a serpente da caixa de ressonância
não o ovo
mas o escorpião do amplificador
amigo a que vieste?
mais fácil passar um camelo
pelo fundo da agulha
do que entrar um guitarrista cenobita
no reino de Deus
dura é essa barulheira
quem a pode suportar?
filhos da Rua Ubaldino chorai
sobre o fim da paz e do sossego
ah! espada do Senhor
até quando descansarás na tua bainha?

Tiau, Topinho

Ao abrir a porta, de manhã, ali quietinho na cama: o velho Topi se finou dormindo. Tudo o que direi, a quem me perguntar.

*

Ah, morrer não é tão fácil. Duas da tarde, entro na sala, ele dá voltas, tonto, arrasta a perna traseira direita. "Meu Deus, carinha, o que foi?" Ainda há pouco dividimos lasca de queijo branco: "Só um pedacinho, hein? Não se acostume." Todo se lambeu, deliciado.

Agora não pára, aflito, sempre a mesma volta à esquerda. Falo com ele, afago a cabecinha em fogo. Abro-lhe a porta, cambaleia na área, decerto em pânico, não sabe o que lhe acontecendo. Cheira sob o portão, se arrasta sem rumo, ajudo-o a subir o degrau.

Mais giros, bate-se na perna das cadeiras. Cego de um olho, será? Pronto, sacudido inteiro de convulsões. Sinto no rosto o vento da marreta invisível que lhe acerta a nuca. Cai de lado, estala os dentes, língua de fora, espumando. Me ajoelho, aliso a grande orelha, falo com ele. Surdinho há meses, não me ouve, falo assim mesmo: "Coragem, você aí. Sou eu, segurando a tua patinha."

Decerto é o fim. Não, a morte nunca tem pressa. O derrame lhe afetou as cordas vocais, sei lá. Com tanta dor, agonia sem nenhum ai. Revira o branco do olho, a espuma se espalha no tapete. Só as unhas de leve arranham o soalho. Valente, não se entrega, o carinha: contra os golpes da marreta, cego, ergue ainda o peito forte.

Maldito domingo, todas as clínicas fechadas. Tento uma e outra, nada. Meia hora passou, decido sufocá-lo, cortar o sofrimento. Mas como, com o quê? No tanque cheio d'água? Um travesseiro na cabeça? Fecho nas mãos o pescoço grosso e musculoso. Arre, uma clínica de plantão atende.

Ao buzinar o táxi, abraço numa toalha o velho amigo. Ainda se debate, a cabeça caída, babando. O chofer desconfiado, se não é raiva. Em poucos minutos chegamos, deposito-o na medonha mesa de zinco, dois cintos de couro pendentes. Diz o veterinário: *caso neurológico, irreversível, só resta...* De longe, em voz baixa, última vez: "Tiau, Topinho." Mão firme, assino o papel da eutanásia. Pago a injeção e o resto. Puxa, sou um durão.

Volto a pé, abro o portão. Ali não está para me receber, como fez todo dia em treze anos: o sol que move a lua, os planetas — e o seu rabinho. Na sala grito-lhe o nome e bato palmas, lá vem ele com tudo. Três a quatro voltas ao longo das cadeiras, finjo acertá-lo cada vez que passa, ao errar o toque um ganido de alegria. Em seguida entra na cozinha — muita correria dá sede —, estala ruidoso a língua na água. Agora tosse, engasgado. Não é que o tipinho nunca bebeu sem tossir? Desta vez, única vez, ele não me acolhe.

No alto da escada, mal abro a porta, três bolinhas negras: dois olhos e um focinho. Mais o rabinho frenético, limpador louco de pára-brisa. Largo o pacote no primeiro degrau e me atiro para abraçá-lo. Senão, ai de você: bruto escândalo, gemido e choro. Esperar não pode, a festa de cada encontro. Em tantos anos nunca o vi sem lhe fazer um agrado. Ele nunca me viu que não ganisse de amor.

[97]

Passo pela cozinha, no canto a sua cama vazia. Nem o pobre cobertor cinza — todos os bens de toda uma vidinha. No jardim, à sombra dos cedros, eis o vôo rasante de um sabiá — é ele, no seu encalço. Não, desta vez. Na porta da cabana, quem está deitado? Nada, é o velho tênis arejando. Pego um livro, tento me concentrar. Ele arranha e cheira na porta, o convite para uma volta no jardim. Abro, é apenas uma formiguinha na soleira.

De novo em casa, hora do lanche. Troco a água da tigela, à toa. Suspendo meio braço para o pacote de ração. Um tiquinho de torrada cai no soalho, apanhar ele não vem. Cabeça baixa, bebo devagarinho o chá.

Uma semana faz. Ainda me segue pelo jardim. Para ele sou a ração, a água, o cobertor no frio — e a mão, sim, que lhe coça a nuca. Jamais o vi sem me pôr de joelho. Nunca ele me viu sem sacudir o rabinho.

De volta, à minha espera não está. Abro a porta, no alto da escada, onde as três bolinhas negras? Entro na sala, bato palmas, grito o seu nome, nada. Estalo as mãos nas coxas, agora ele vem, derrubando tudo na passagem. Ainda não. Na cozinha espio o seu canto, debaixo do balcão: que fim levou a caminha?

Falo com ele, não é o que faço, quantas vezes por dia, há que de anos? Vou apanhar a tigela e mudar a água, onde a tigela? Ergo o braço para servir a ração, disfarço com a lata de bolacha. Me sento à mesa, ele se espicha no piso, não desgruda o olho preto com a janela de luz. Aonde eu fosse, lá vinha o meu rabinho atrás.

Lendo no sofá, de repente uma patinha roçava o joelho, distraído lhe aperto a orelha: ai, muita força. Noite de insônia, podia contar com ele, ao lado no tapete, alerta a cada gesto. Com ele na casa, nunca estava só. Até na morte súbita, nele podia confiar, me lambesse a mão e aliviasse a dor.

Esquecido no varal me acena o velho cobertor cinza. Pô, agora sei. Não sou durão.

Chupim Crapuloso

Seis da tarde, o carinha à espera no portão. Risonho se chega, aviso logo: nada de entrevista. Pelamor de Deus, palavra de honra, jura por tudo que sagrado. É, sim, o filho da minha amiga Linda, o afilhado da dona Julieta, comadre da minha mãe, não me lembro? E brincou na casa de Tataia. Está na cidade em visita ao tio Nadir, no hospital, vítima de derrame. Peninha, a morte do velho Licínio.

Dele posso duvidar, quase um parente? Mesmo assim, pergunto: Conhece a vingança da porta, do Alberto de Oliveira? Não, mas jura e rejura, cruz na boca: nenhum jornalista nem aluno de Comunicação, apenas o neto da querida dona Julieta. E se estiver mentindo? Aceita que a alma da santa senhora sofra nos fogos do inferno? Tudo ele aceita, a vingança da porta, doida e morta, só alguns minutos de atenção, notícia minha para a família, que de anos longe. Bemnascido, gente assim digna, pode ser um maldito impostor? Não o filho da Linda, nunca o afilhado da Julietinha.

Fiado na sua palavra de honra, aceito vê-lo dia seguinte. Três da tarde, comovido recorda o seu Juquinha e a gorducha dona Celsa, me acompanha rumo ao escritório. Na despedida, meu abraço ao pobre Nadir, saudade às queridas Linda e Julieta. Ao me dar a mão, olho no olho, mais uma vez a firme promessa: do que falamos nem uma só palavra a terceiro, fora da família ninguém saberá. Senão é a vingança da porta, dona Julieta uma alma penada e ele, baratinha leprosa ou chupim crapuloso?

A esse trêfego e pimpão, como vê, não dei entrevista. Falei confidencialmente com o filho da Linda. Em segredo de família com o neto da Julietinha. Que mentiu, usou falso pretexto, até aceitou lançar a doce avozinha nas profundas. Para ver o nome no jornal nada é sagrado? Nem sombra de caráter, decência, vergonha na cara. Tão mocinho e tão canalha. Para ele o jornalismo uma bela carreira de logro, infâmia, traição, chantagem sentimental?

Balada dos Mocinhos
do Passeio

No coração secreto do Passeio é o seu reino
esses mocinhos estranhos
que não caminham nem correm
não jogam dama xadrez dominó
não comem pipoca
alguns quase meninos
um de loiro cabelo no ombro
carapinha ruiva outro
mais outro que se faz mocinho
camiseta vermelha ou pulôver amarelo
não fosse grisalha a cabeleira
seu santuário é a trilha escondida pelos plátanos
quem os vê de longe nem suspeita
sempre ali nos mesmos quatro cinco bancos
de braços abertos de pernas abertas
um em cada banco

se oferecendo ao sacrifício
a que cruel deus desconhecido
quando você passa marchando ou correndo
eles te espiam famintos de que pão sagrado
sequiosos de que vinho forte
ai com tal abandono desejo tristeza
no piscar furtivo de olho te convidam
ao rito oculto da iniciação
sempre tão sozinhos
você dá três quatro voltas ao Passeio
cada um imóvel no mesmo canto
apenas te olham implorantes
o que pretendem afinal esses mocinhos?
você passa eles ficam na longa vigília
nunca têm pressa
horas e semanas à espreita no seu banco
indiferentes ao vento frio à garoa fina
sem ler história em quadrinho
sem conversar entre si
sem se distrair com os macaquinhos
apenas te olham e se propõem ali nos cantos
os mocinhos do Passeio
esses mocinhos tristes do Passeio Público

na sua mímica só para os entendidos
se entregam docemente à imolação
que seita subterrânea é essa
de repente se agitam suspirosos e aflitos
eis os passos de alguém muito esperado
que já reconhecem à distância
espelhinho redondo na palma da mão
molham os lábios na pontinha da língua
a qual deles perguntará a hora ou pedirá fogo
esses tais mocinhos
de onde vêm todo fim de tarde?
ali sentadinhos bem-comportados
fiéis de que viciosos mistérios
oficiantes de que liturgia proibida
horas a fio nos duros bancos
em adoração a cada vez que você passa
ingrato que não pára e lhes diz uma só palavra
para livrá-los do silêncio desespero solidão
os mocinhos malditos do Passeio
quem os salvará de si mesmos?
antes fugissem de pedalinho para o mar
tudo apostam no xadrez com a morte
esse da jaqueta de couro a próxima vítima

o encontro de uma hora será o último
nas mãos do estrangulador louco de Curitiba
quando a noite os encobre
à sombra dos velhos plátanos
lá nos bancos não são vaga-lumes perdidos
sim os seus olhos arregalados
que fosforescem por entre as moitas
ai ai dos teus pobres mocinhos
esses pobres mocinhos tristes do Passeio
                                    [Público

Ecos

"Navigare necesse est vivere non necesse."

Pompeu.

*

"Je me maudirais si j'étais père... et que je ne transmette à personne l'embêtement et les ignominies de l'existence!"

Flaubert, *Correspondance.*

*

"...she always had the feeling that it was very, very dangerous to live even one day."

Virginia Woolf, *Mrs. Dalloway.*

*

"Because it feels eternal while it lasts."

T.S. Eliot, *The Family Reunion.*

Turin

Casa João Turin: a porta se abre para o vazio, as janelas olham sobre o nada. Fosse tão medíocre não me lembrava. Mesquinho talento, nenhuma grandeza. Pobres bustos, lamentáveis onças, baixos-relevos desde o nome. Nem lampejo de originalidade, nadinha que se salve. Como se explicam os prêmios? Ora, prêmio de salão. E os doze anos de Paris, de que serviram? Me lembro dele, a sua melhor escultura. Grandalhão, bruto naso, imponente de bengala. Majestoso, ele, sim, uma estátua viva. Revolta cabeleira, vozeirão macarrônico, o prestígio dos longos anos em Parigi. Ah, o chapelão de boêmio de opereta. Isso mesmo: um personagem de opereta. Gargântua inofensivo, adorado pelos amigos. Visitei-o no estúdio, mais artístico que o artista. O fascínio da sua presença desarmava qualquer crítico. Me acode agora, fui ao seu enterro, muito concorrido. O orador um gorjeio só: *Turin, a voz da terra!* Ai de quem morre em

Curitiba. Ai do nosso príncipe feliz, péssimo acadêmico, nenhuma garra. Engenho pífio, será que não desconfiava? No homem tudo era grande: a manzorra, o narigão vermelho, o brado retumbante. Na obra, tudo pequeno: concepção, fatura, material. Há que distinguir, sem ofensa: uma não vale o outro. Tão bonita a casa, mais parece museu de horrores. Exposição didática de como não modelar. Os falsos valores, antes largá-los na poeira do tempo. Mau, mas meu: adorar bezerrão carunchoso de barro? Na arte cada dia a mãe de todas as batalhas. Não sangrenta nem ganha — nem sequer travada. Pomposo Turin, bom gigante, mofino artesão. Pobre dele, ai de nós. Resgatar a memória é isso: Emiliano, o nosso Rilke? Turin, o nosso Rodin? Dario, o Sócrates II nosso? Mossurunga, o nosso Beethoven? De Bona, o Miguelangelo nosso? Ufanismo paranista, o último refúgio dos mediocrões.

Edu e o Cheque

Ali na mesa o cheque nominal, não é o teu nome — e que fim levou? Bem-nascido, príncipe de boas maneiras, serve ao amigo café, Dante, Mahler — e, se ele deixa um cheque sobre a mesa, que acontece?

Agora mesmo, ali na mesa, um nome que não o teu. Conhece a perfídia de Capitu nem se ilude com as boquinhas douradas de Jezabel, Cassiana, Dalice — ai de você, tem de Capitu o olho oblíquo e de Escobar o gosto pelo cheque.

Ressalta o amarelo de Veermer no canto do muro e o vermelho no cobertor da cama de Vincent — vermelho e amarelo únicos, entre eles e o cheque, mais vale o quê?

Sofre a morte do Bakun (abre o estojo de tintas, oh, não: um ninho de cobras que espirram a lingüinha obscena), entre a vertigem do cheque e a memória do amigo, qual pode mais?

O arrepio da brisa, erguendo o véu de seda, revela o rosto da mocinha e acende a cobiça do perverso Tajomaru, essa a visão que no cheque te arrebata?

Conta você os golpes do machado na cerejeira, vendido o jardim, o sonho que acabou, adeus à beleza perdida — e com mão firme apanha o cheque?

Iniciado nos amores do velhinho sujo e sua querida amiga minha pantera teu flagelo, nem pelo gatão Boule resiste ao cheque na mesa?

Na sua integridade solene, que diriam eles, Paul, Anton, Gustave, já pensou? Ah, entre todos, logo você. O cheque ali na mesa, um piscar de olho, que fim levou?

Sabido no discurso da paixão humana e divina, da religiosa Mariana à pecadora Nora, e à vista de um cheque nada é sagrado?

Para teu horror e de Mistah Kurtz, eis o pivete que enfia a mão no bolso do Aldo em plena rua — e no sossego do escritório, o cheque ali na mesa, daí pode?

Evoca o discurso de Marco Antônio e, como Bruto, se diz homem honrado. Os dois na sala, de repente some o cheque — serei injusto com homem tão honrado? E na conta de quem foi parar o cheque?

Grande velhaco, tudo se permite, impune e faceiro. Todos são um só? Nada separa o Eros da barata leprosa com caspa na sobrancelha? O Nireu, do rato piolhento de gravatinha-borboleta? O Alex, do filhote de chupim crapuloso?

Bem se lembra da fábula do escorpião e da rã, para você o cheque é a rã, no meio do rio lhe assenta o ferrão, ambos condenados a se afogar, mais forte que a morte moral fala o teu caráter de escorpião?

Da agonia de Ivan escuta o grito abafado pelas portas fechadas — e nem o eco desses três dias de uivos te suspende o braço e retém a mão?

Na mesa, o cheque, um nome escrito — e não o teu.

É o cheque o teu naco de pão molhado no vinho?

Que de vezes, na noite escura da alma, essa mãozinha leve empolga o cheque e o furtivo gesto ilumina uma vida inteira.

Edu: você travou o mau debate, acabou a carreira, guardou o cheque.

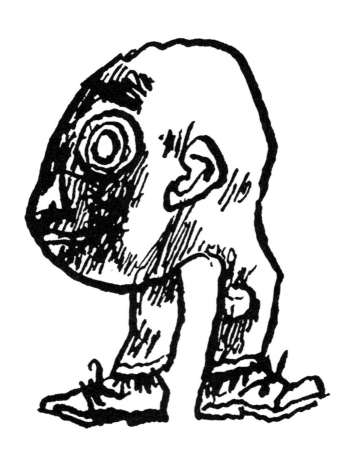

Dez Haicais

1

O marido, ao telefone:

— Quando você vier para casa, não deixe a menina entrar no quarto — eu estou enforcado.

2

No muro o caracol se derrete nos rabiscos da assinatura prateada.

3

— Ai, docinho. Como você é linda. Me lembra a cadelinha Fifi que eu gostava tanto. Um beijinho, deixa.

— Não comece, você.

— Essas duas tetinhas. Ou são três? Ai, eu não mereço.

— Ih, cara. Eu já me visto.

— E essa barriguinha... Ai, mais um beijo, só unzinho. Eu morro, olhe, nenhuma pulguinha.

4

Toda noiva goza duas vezes a lua-de-mel: uma, quando casa, e outra, ao ficar viúva.

5

— Já reparei, garçom: a segunda empadinha nunca é tão boa como a primeira.

— ...

— Hoje você me traga a segunda antes da primeira.

6

Uma cadela engatada que espuma, uiva, morde, arrastando o macho e perseguida pelos anjos vingadores que atiram pedras: Curitiba.

7

— Soube do João? Tadinho, os dias contados.

— Poxa, o que foi?

— Não bebia mais que eu ou você. Agora preso em casa. Sem poder andar.

— ...

— Os pés numa bacia, escorrendo água das pernas. Já vazou cinco litros de cada uma.

8

Qual epopéia de altíssimo poeta se compara ao único versinho da primeira namorada:

— Que duuro, João!

9

Uma anã de salto alto e bundinha empinada circula se olhando na vitrina das lojas.

10

— É bom ser churrasqueiro: fico olhando o fogo, até esqueço da carne.

Testemunho

— Dê o seu testemunho, irmã.

— Analfabeta eu sempre fui. Até que, na hora do desespero, abri o único livro no quarto: era a Bíblia.

— E o que aconteceu?

— Chorei três lágrimas. Esfreguei os olhos com força. E daí comecei a ler.

— Continue, irmã.

— Fui à cozinha perguntar a minha filha se aquelas eram as palavras. Sim, ela disse que sim.

— Glória a Deus: mais um milagre.

— De analfabeta passei a ler. Essa pobre filha, desenganada pela junta de médicos. Enquanto eu lia em voz alta, ficou livre da pedra no rim...

— Amém, pessoal.

— ...mais a gagueira...

— Palmas para o Senhor Jesus.

— ...e as manchas da lepra.

— Aleluia, aleluia.

— Jesus alcançou a minha filha assim que paguei o dízimo.

— Dizimista, tudo o que pede ao Senhor consegue. A irmã é da corrente dos milagres?

— Ela me valeu muitas graças e bênçãos maravilhosas.

— Conte, irmã.

— Sempre sofri dos nervos. Tinha muito medo, dormia de luz acesa. Em volta da cama vejo vultos e escuto vozes. Se apago a luz, as vozes crescem, os vultos querem me pegar. Médico, sortista, curandeiro, nada adiantou. Tomei uma caixa de injeção, fiz macumba negra, recebi passe, de joelho rezei três novenas. Cada vez pior, desesperada e revoltada. No dia em que me converti, aleluia, aleluia, de tudo fiquei curada.

— Palmas para Jesus. E o marido?

— Antes bêbado no bar. Eu namorando com o adultério. Agora tudo mudou. Ele tem dois empregos.

— E a vida financeira?

— Abençoada. Eu livre das prestações da casa. E comprando um carrinho.

— Em casa, você aí, olhe o que está perdendo. Você que tem visões. Ou escuta vozes. Espuma e sofre de ataque. Tem caroço no seio. Catarata nos dois olhos. Gosto de sangue na boca. Batedeira no coração. Luta com bichos na parede. Sente a casa caindo sobre tua cabeça. Ou está desempregado. Sem dinheiro e com dívida. Saiba que tudo é obra de Satanás. Tão logo atravesse o corredor dos milagres — sim, irmão, o corredor dos setenta homens de Deus —, todo mal desaparece.

— Aleluia, aleluia.

— Com os dízimos em dia, Deus tem honrado a irmã?

— Falei com Deus. E Ele me respondeu.

— A nossa igreja de braços abertos para você. Te oferece a cura da pior enfermidade. Mesmo desenganado por todos os médicos. O irmão com AIDS, você aí. Saiba que não é doença. Sim um agente do mal que invade e controla a tua pessoa. Homem ou mulher com o sexo trocado? Só um trabalho da Pombagira. Não é você: ela que te faz assim. O pederasta é uma vítima do demônio. A lésbica, um espírito imundo. Vencido o capeta, você é salvo, irmão. Nós temos a força e Deus o poder.

— Palmas para Nosso Senhor.

— Sai, sai, tinhoso. Queima ele, Jesus. Ele sai agora. Sai, Zé Pelintra. Fora, ô Capa Preta e sua mãe, a Pombagira. Sai, maldito, rua.

— Glória a Deus.

— O Senhor abençoa esse copo d'água, essa peça de roupa, essa mão seca e torta colocados sobre o rádio ou a tevê.

— Aleluia, aleluia.

— De onde é a irmã?

— Do Ribeirão das Onças, distrito de Colombo.

— E tem muita onça por lá, irmã?

— Não se ria, pastor. Tem uma atrás de cada moita. Só eu já vi três ou quatro. Todas querendo comer a gente. Se cuide, pastor, quando visit...

— E a outra irmã, você aí, qual o seu testemunho?

Cartinha a um Velho Prosador

Você escreve como o santíssimo Dom Fedalto fala — ó trêmulo gorjeio ai boquinha de sambiquira. Pipio em falsete e baboso, o anti-Sermão da Montanha. A lantejoula e o vidrilho no manto de Jesus Cristinho.

Escrever bem é pensar bem, não uma questão de estilo. Os bons sabem de seus muitos erros, os medíocres não sabem coisa alguma. O que há de ser, para você já foi. Não se finge o talento — falto de engenho, você é vento e pó. As letras roubadas são falsas.

Fama, ó fama, eterna ladra de energias, farol negro de tanto mau passo. Para ver o nome no jornal você atropela uma doce velhinha e some com o picolé da criança. Corta essa, cara: contra o tempo nada pode, só o bom prevalece.

Orgulha-se da facilidade de escrever, sim: de escrever mal. Copia a maneira de (só os defeitos, nem uma virtude), o boleio da frase, o mesmo vocabulário — e o espírito, como remedá-lo? Sem ele você nunca será o pé do coxo e o olho do cego. Rasga, ó bicho, rasga o prepúcio do teu coração.

Ufanismo, ilha da ilusão para o simplista, cova do dragão para o cínico impostor. Sei quem é pela tua idéia torta sobre Capitu, Ivan, Gregório, Ema, Holden — não acerta uma, pô. Contra os títulos e prêmios testifica o teu chorrilho de falácias e enganos. Mente no sentimento, mente no adjetivo, mente nos três pontos de exclamação. Nadinhas de corruíra nanica, a frase feita gagueja, o lugar-comum tropeça. Ai do asno pomposo com as luzes do pobre de espírito.

No templo das musas paralíticas, ao mais pequeno chama gigante e ao morto pergunta pelo vivo; onde estão, ó escriba, as tuas verdades de vento? onde está, ó fariseu, a tua glória de pó? De joelho, adora os sepulcros caiados do beletrismo paranista, último refúgio de todo mediocrão. O primeiro em Curitiba, em nome do mau, mas meu?

Uivai, pedalinhos do Passeio Público. Dane-se, ó bestalhão pachola com o brilho da idiotia. Droga aos teus quarenta mil panacas imortais. Isto aqui a você e ao príncipe dos poetinhas pernetas, seja quem for.

Cantiquinho

no inverno da vida
o último veranico de maio
tua lembrança
uma brasa viva na mão fechada
não folhinha tenra
talo crocante de agrião
tua cabeça é a torre do templo
no alto da Rua do Rosário
no teu olho esquerdo
o arrulho da pomba que negaceia
alameda de plátanos
juncada de folhas roxas
no olho direito
um pavão abre a cauda farfalhante
e incendeia o amarelo no cacho do ipê
teu nariz é o ponteiro único
no relógio de sol da Praça Tiradentes
na voz a cantiga de roda

das menininhas no fim de tarde
teu peitinho as metades gêmeas
do pêssego salta-caroço
no teu umbigo
provo água fresquinha da moringa de barro
nas voltas de tuas coxas
meus beijos se perdem caminho de casa
no manso lago o vôo da pedra
que espirra sete sardinhas
comichão furtiva
no terceiro dedinho do pé esquerdo
floreio da colinha do pardal
ao bicar a pitanga madura
após a ducha quente
o frio jato que todinho te arrepia
na noite de insônia
o canto do sabiá que alumia o sol
macieira florida
caminhando sobre as águas
tanto braço aberto
ressoante de abelha
formidável
como a bandinha do Exército de Salvação

nuvem de fogo
dentinho mordedor
nalga rosácea
elegia de Rilke
girassol de Van Gogh
o fluxo das marés
sujeito ao sopro de tua narina
peticinha arisca
salta fagulha das pedras
gargarejo de água esperta e sal
alivia a dor de garganta
coração da alcachofra
no molho vinagrete
da chuva no asfalto bulindo mil asas
de borboletas brancas
hino à alegria
na surdez do velho Beethoven
o conto "Lições Caras" de Tchecov
o som de uma só mão
que bate palmas
teu espirro acende o olho saltitante
dos vaga-lumes
cada um lá no escuro

pisca o teu nome
sozinha bem mais que as setecentas princesas
e trezentas concubinas de Salomão
as muitas águas do Rio Belém
afogar não podem este amor
depois do segundo quindim
a cosquinha lancinante no céu da boca
eterno piolhinho
que todo periquito cata debaixo da asa
esse mesmo dedo amputado
que se ergue e te aponta

Quem Tem Medo de Vampiro?

Há que de anos escreve ele o mesmo conto? Com pequenas variações, sempre o único João e a sua bendita Maria. Peru bêbado que, no círculo de giz, repete sem arte nem graça os passinhos iguais. Falta-lhe imaginação até para mudar o nome dos personagens. Aqui o eterno João: "Conhece que está morta." Ali a famosa Maria: "Você me paga, bandido."

Quem leu um conto já viu todos. Se leu o primeiro pode antecipar o último — bem antes que o autor. É a sagrada família de barata leprosa com caspa na sobrancelha, rato piolhento na gravata de bolinha, corruíra nanica do dentinho de ouro. Trincando broinha de fubá mimoso e bebendo licor de ovo?

Mais de oitenta palavras não tem o seu pobre vocabulário. O ritmo da frase, tão monótona quanto o único tema, não é binário nem ternário, simplesmente primário. Reduzida ao sujeito sem objeto, carece até de predicado — todos os predicados.

Presume de erótico e repete situações da mais grosseira pornografia. No eterno sofá vermelho (de sangue?) a última virgem louca aos loucos beijos com o maior tarado de Curitiba. Explica-se: não foi ele fabricante de tradicionais vasos de barro? E seus contos, o que são? Miniaturas de bispote em série, com florinha e filete dourado.

Um mérito não se lhe pode negar: o da promoção delirante. Faz de tímido, não quer o rosto no jornal — e sempre o jornal a publicá-lo. Nunca deu entrevista e quanta já foi divulgada, com fotos e tudo? Negar o retrato é uma secreta forma de vaidade, a outra face do cabotino.

Pretende, forte modéstia, ser o último dos contistas menores — e não é que tem razão? Aliás, nem contista. Nas frases mutiladas e estripadas, um simples cronista de fatos policiais. Nele não há postura ética e moral. Nem simpatia e amor pelo semelhante. Só e sempre os tipos superficiais de dramalhão, fantoches vazios, replicantes sem alma. Vítimas e carrascos no circo de crueldade, cinismo, obsessão do sexo, violência, sangue — e onde o único toque de humor? Iconoclasta ou alienado, abomina o social e o político.

Daí as caricaturas desumanas, os velhinhos pedófilos, museu de monstros morais, como reconhecer num deles o teu duplo e irmão?

Mestre, sim, no plágio descarado: imita sem talento o grafito do muro, a bula do remédio, o anúncio da sortista, a confissão do assassino, o bilhete do suicida. Sinistro espião de ouvido na porta e olho na fechadura. Não é o pasticho a falsa moeda desse mercador sovina de gerúndios?

Exibicionista, quer o nome sempre em evidência. Já ninguém fala ou escreve sobre seus livros — e você os suporta, um por ano, todo ano? Na fúria do ressentido, busca atingir as nossas glórias sacrossantas: Emiliano, a poesia, Turin, a escultura, Mossurunga, a música. Tudo em vão: a grotesca imagem do vampiro já desvanecida aos raios fúlgidos da História.

Pérfido amigo, usará no próximo conto a minha, a tua confidência no santuário do bar. Cafetão de escravas brancas da louca fantasia, explora a confiança de velhas, viúvas e órfãs. Ó maldito galã de bigodinho e canino de ouro, por que não desafia os poderosos do dia: o banqueiro, o bispo, o senador, o general?

Tudo Bem, Querido

Ah, é? Você me liga: *Oi, tudo bem? Estou terminando. Entre nós, sim, tudo acabou. Lindo enquanto durou. Agora acabado. Para sempre. Espero que sejamos amigos.* Que história é essa, cara? Acabou, pô nenhuma. Um longo ano de paixão e loucura, de repente oi, tudo bem, o fim de tudo?

Pra mim nada acabou, ô louca. Só do teu pouco juízo para ser tão cruel. Ingrata e desgracida. Oco no peito, ninho de peludas viúvas-negras. Ainda ontem, nua e perdida nos meus braços, o teu grande, eterno, único amor. E hoje: *Oi, querido, tudo acabou.* Corta essa, cara. Dó não sabe o que é? Em perdão nunca ouviu falar? Nem aviso nem nada — *é o fim, tudo acabou* —, o coração esfolado vivo com navalha sem fio. O amor doido de um ano não se acaba com um tiro na nuca.

Na hora fui machão. "Tudo bem, se é o que você quer. Claro, ainda amigos, seja feliz." Assim que você desliga, mãezinha do céu, o olho cegou, a língua enrolou, a perna falhou, o meu nome esqueci. Que tudo bem, que nada. Pô nenhuma. Aqui estou plantado de quatro, ganindo para a lua vermelha dos amantes desprezados. Nada acabou, meu amor que era grande ficou maior, transborda do meu peito, sai pela janela, explode a cidade em sarças ardentes, uivos de dor, borboletas amarelas.

Durão, sim, às duas de uma tarde de sol. Nunquinha que às três da noite escura da alma, eu, a última das baratas leprosas. Agonizante na velha cama, o colchão furadinho de agulhas de gelo, o travesseiro de penas e brasas vivas. Única imagem: você perdida e nua nos meus braços. Única idéia: nua e perdida você nos braços de outro. Atropelo uma prece entre berros do ódio que espuma. E o maldito pernilongo da insônia, *oi, querido, tudo bem?* Me enfiando a faca no coração ainda me chama querido. No peito, não, revolve a ponta fininha nas costas, assim dói mais.

Tudo bem, uma merda. Tudo mal, nunca esteve pior, desde a hora do famoso recado. Assim acaba o amor jurado de um ano inteirinho? De um telefone público, entre zumbidos e vozes, *desculpa, querido, não posso falar, tem gente esperando.* Nem a consideração do falso olho azul na cara. E se caio duro e mortinho, ao ouvir a sentença de morte? Te dispensava assistir à execução, o tiro de misericórdia na nuca. Misericórdia, pô nenhuma. Sabe lá o que é, cara?

Egoísta e pérfida, só uma bandida capaz de *oi, tudo bem* (e, no mesmo fôlego, decerto sorrindo o tempo inteiro), *tudo acabou, querido, é o fim, não me procure mais, se me vir na rua* (nos braços de outro?) *finja nunca me conheceu, assim a gente não sofre.* Não sofre, a gente, pô? Fale por você, sua cadela. E a mão suada e fria? a língua no sal? o vidro moído nas entranhas? a tremedeira no pé torto? Aqui estava numa boa, de repente o bruto murro na cara, espirra olho, sangue do nariz, caco de dente — e *tudo bem, querido?*

Minha fonte única da alegria agora de todas as dores e aflições? Você meu cálice de vinagre e fel, a broinha de cinza fria? Dá um tempo, ô cara. Isso não se faz. Não é assim que um amor acaba. Com o tiro na nuca, a volta do parafuso nas costas, o soco na cara.

Machão, eu? O mais reles dos ratos piolhentos do amor. Sem honra nem palavra, por mim não respondo, todo me ofereço à vergonha e humilhação. Lembra

[137]

da aranha? Você cortou com a tesoura as oito patas —
cada uma ainda quis andar sozinha... E se distraiu a
vê-la desfiar do ventre o recheio verde. Essa aranha
roxa, ali no piso branco, sou eu. Mudo me retorcendo
de tanta dor. Deliciada, eu sem braço nem perna, debaixo do teu sapatinho prateado? O meu desespero
goze à vontade. Tudo menos *oi, querido, acabou o nosso caso.*

Pô que acabou. E eu, ô cara? Sem você, o que será
de mim, já pensou? Não tem peninha? Eu morro, sua
puta. Por você eu grito três dias sem parar. Me dá um
tempo. Qual é a tua, cara? Como pode, até ontem me
amava e hoje tudo acabado? E os teus bilhetes de ju-
ras eternas, as letras borradas de fingidas lágrimas? A
isso chama de amor? Me beija na boca e no mesmo
suspiro me acerta o ferrão de fogo. Tudo eu aceito, só
não me deixe. Aqui na maior desgraça, não ouve meu
soluço e rasgar de dentes? Me dá um tempo, cara. Um
mês, uma semana, um diazinho só.

Já não me quer? Tudo bem. Basta que eu te olhe,
nem chego perto, do outro lado da mesa. Cafetina de
corações solitários. Ó estripadora de alminhas líricas.
Vendo o teu desprezo pode que ganhe coragem e

força. Com as mãos arranco o próprio coração pelas costas. Meus ossos já se desmancham, deixo cair o garfo e a xícara, puxo da perna esquerda. Me repito, eu? Pudera, no ouvido esse bando de baitacas gritando sangue, me acuda, inferno, eu morro. Dá um tempo, cara. Não assim, não para sempre: o fim do mundo às duas e quinze da tarde. Em vez da trombeta e a explosão, uma voz alegre no telefone público. *Tudo bem, sinto muito, desculpa e obrigadinha.* Sente muito, você, a maior das assassinas? Tudo bem, pô nenhuma. Não tem obrigadinha. Não tem desculpa. Quero você inteirinha de volta. Orgulho já não tenho. Merda para o orgulho. A paz dos cabelos brancos, até essa me deixou. Entre você e o amor-próprio, escolho você. Entre a dignidade e a abjeção com você, prefiro a abjeção. Só peço último encontro, duas palavrinhas. Por você eu morro todo dia. Pelo teu amor sou morto a cada hora. Deixa te ver, sua maldita, uma vezinha só. Ai, por favor. Minha santinha querida. Por favor.

Curitiba Revisitada

que fim ó Senhor eles deram à minha cidade
a outra sem casas demais sem carros demais sem
                [gente demais
ó Deus nem chatos demais
essas tristes velhinhas tiritando nas praças
essas pobres santíssimas heróicas velhinhas
todas eram noivas todas tinham dezoito anos
            [todas coxas fosforescentes
todas o teu único e eterno amor
que fim levaram
a que fim me levaram?

quem sabe até uma boa cidade
ai não chovesse tanto assim
chove pedra das janelas do céu chove canivete
               [nos telhados
chovem mil goteiras na alma
nesse teu calçadão de muito efeito na foto
                [colorida

não se dá um passo sem escorregar dois e três
como faz frio espirro tosse gripe sinusite
de você para sempre o sol esconde o carão de
      [nariz vermelho

uma das três cidades do mundo de melhor
      [qualidade de vida
depois ou antes de Roma?
segundo uma comissão da ONU
ora o que significa uma comissão da ONU
não me façam rir curitibocas
nem sejamos a esse ponto desfrutáveis
por uma comissão de vereadores da ONU

ó cidade sem lei
capital mundial de assassinos do volante
santuário do predador de duas rodas sobre o
       [passeio
na cola do pedestre em extinção

a melhor de todas as cidades possíveis
nenhum motorista pô respeita o sinal vermelho
Curitiba européia do primeiro mundo

cinqüenta buracos por pessoa em toda calçada
cidade única sem meninos de rua
lá vem o arrastão de pivetes trombadinhas
[cavalos-loucos
Curitiba alegre do povo feliz
essa é a cidade irreal da propaganda
ninguém não viu não sabe onde fica
falso produto de marketing político
ópera bufa de nuvem fraude arame
cidade alegríssima de mentirinha
povo felicíssimo sem rosto sem direito sem pão

dessa Curitiba não me ufano
não Curitiba não é uma festa
os dias da ira nas ruas vêm aí

eis o eterno vulcão de fumo pestífero do Hospital
[de Clínicas
você gira a torneira quem viu água de tal cor
a menina atende o telefone outra vez o maníaco
[sexual
ali na rua o exibicionista que abre a capa preta
em cada janela o brilho do binóculo do frestador

batem na porta é um assalto
na praça leva um tranco já sem carteira
                    [nem tênis
tua mulher sobe no ônibus cadê a bolsa
tua filha pára na esquina lá se foi o quinto
                    [relógio
não proteste não corra não grite
do ladrão ou do policial
o primeiro tiro é na tua cara

cinqüenta metros quadrados de verde por pessoa
de que te servem
se uma em duas vale por três chatos?

até os irmãos cenobitas
no resto do mundo a igreja fiel da quietude
os irmãos chamados silenciosos
e na Rua Ubaldino
os adoradores da bateria e da guitarra elétrica do
                    [Juízo Final
que murcham as flores
azedam o leite da moça grávida
espantam o último gambá do porão

ai da cólera que espuma os teus urbanistas
apostam na corrida de rato dos malditos carros
suprimindo o sinal e a vez do pedestre
inaugurada a caça feroz aos velhinhos de muleta
se não salta já era
em cada esquina os cacos da bengala de um
                                          [ceguinho
quem acerta primeiro o paraplégico na cadeira
                                          [de roda

não me venham de terrorismo ecológico
você que defende a baleia corcunda do pólo sul
cobre os muros de signos do besteirol tatibitate
grande protetor da minhoca verde dos Andes
celebra cada gol explodindo rojão bombinha
                                          [busca-pé
mais o berro da corneta rouca ó mugido de vaca
                                          [parida
a isso chama resgate da memória

não te reconheço Curitiba a mim já não conheço
a mesma não é outro eu sou
nosso caso passional morreu de malamorte

[145]

a dança do apache suspensa entre o beijo e o
[bofetão
cada um para seu lado adeus nunca mais
aos teus bares bordéis inferninhos dancings
[randevus
cafetinas piranhas pistoleiras putanas
virgens loucas virgens profissionais meias
[virgens
as que nunca foram

nenhum cão ou gato pelas tuas ruas
todos atropelados
um que se salve aos pulos da perninha dura
pronto fervendo na panela do teu maloqueiro
nunca mais a visão da cadelinha arretada
com a fila indiana de galãs vadios
nunca mais a serenata de gatões no telhado
nunca mais uma simples moça feia à janela
cotovelos na almofada bege de crochê

nada com a tua Curitiba oficial enjoadinha
[narcisista
toda de acrílico azul para turista ver

da outra que eu sei
o amor de João retalha a bendita Maria em sete
[pedaços
a cabeça ainda falante
o medieval pátio dos milagres na Praça Rui
[Barbosa
as meninas de minissaia rodando bolsinha na
[Rua Saldanha
o cemitério de elefantes nas raízes da extremosa
[na Santos Andrade
o necrófilo uivador nos túmulos vazios das três
[da manhã

não me toca essa glória dos fogos de artifício
só o que vejo é tua alminha violada e estripada
a curra de teu coração arrancado pelas costas
verde? não te quero
antes vermelha do sangue derramado de tuas
[bichas loucas
e negra dos imortais pecados de teus velhinhos
[pedófilos

por favor não me dê a mão
não gosto que me peguem na mão
essa tua palma quente e úmida
odeio o toque de polegar no meu punho
horror do perdigoto no olho
me recuso a ajoelhar no templo das musas
                              [pernetas
aqui pardal aos teus panacas honorários e
                    [babacas beneméritos
essa tua cidade não é a minha
bicho daqui não sou
no exílio sim órfão paraguaio da guerra do
                                   [Chaco

o que fica da Curitiba perdida
uma nesga de céu presa no anel de vidro
o cantiquinho da corruíra na boca da manhã
um lambari de rabo dourado faiscando no rio
                                   [Belém
quando havia lambari quando rio Belém havia
o delírio é tudo meu do primeiro par de seios
o primeiro par de tudo de cada polaquinha

e os mortos quantos mortos
uma Rua 15 inteirinha de mortos
a multidão das seis da tarde na Praça Tiradentes
[só de mortos
ais e risos de mortos queridos
nas vozes do único sobrevivente duma cidade
[fantasma

Curitiba é apenas um assobio com dois dedos na
[língua
Curitiba foi não é mais

Noites de Insônia

1

Que noite, poxa. Antes de me recolher, cabeceio na poltrona, a pálpebra colada, mal posso abri-la; apago uma e outra vez, entre notícias de estupro, incêndio, seqüestro. Alguns passos e me espicho na cadeira de balanço. Pronto me deito na cama, a cabeça no travesseiro, lá longe os passinhos furtivos do sono. Treva total, colchão duro, silêncio — e nada. Onde o bendito sono? Passei o dia inteiro bocejando e, na hora, nada. Me estendo de costas, recito a prece do peregrino, sincronizada com a respiração. Escorre e pinga o tempo, sei lá quanto, e nada. A concentração na reza que me impede de dormir? Agora só um nome, o mais importante, Jesus Cristinho.

O rincho dos negros cavalos da noite. Bate uma porta de carro, grito de mulher lá fora, o estalido no armário. Sou o caruncho que rói a bolinha perfeita no oco do medo. Sigo as voltas da Terra na vigília desta noite infinita. E nada.

2

Na noite das dores insofríveis, guardo e vigio, ai de mim.

Três nãos sagrados do insone profissional: não veja a hora, não acenda a luz, não se desespere. De repente, sinal que dormi, a que preço, o susto de um pesadelo. Reviro de lá pra cá a cena confusa na biblioteca. A palavra pedante do orador, folheio o dicionário — e acordo, o nome na ponta da língua, qual é?

O alarme de um carro que dispara aqui outro ali — os grilos urbanos da noite.

Certo que de costas não concilio o sono — e de bruços? Muito menos. De lado? Quem sabe. Mais um e dois pesadelos. Lá no cedro canta o sabiá, eis o quadro de luz na janela. Já posso levantar. Exausto, me sento na cama. E se for o colchão duro? Todos estes anos, o colchão seria? Um trapo, fico de pé, dói a coluna. Puxa, que noite.

3

No escuro a barata da agonia serra o silêncio. Trinta anos que não durmo, flor de retórica? Aqui, pardal. Sempre acordado. Nada acontece de noite sem que ali esteja. Não durmo, vigio. O sono me esconde suas prendas secretas. Cochilo, sim, me perco em sonhos de aflição e angústia.

Dou com o João na porta do banco, a roupa sobrante no corpo. Me estende a mão, sem apertar. Em câmara lenta, repete o final das minhas frases — assim fossem originais dele. Arrastando os pés afasta-se, a bunda murcha. Pobre João. Oh, não: eu mesmo de costas?

Esperto cada vez que no leito de pregos mudo de posição. Alerta ao mais pequeno movimento da Terra. Só não me apavoro graças ao velho peregrino. Primeiro canto do sabiá, o sol na janela. Abandono entre os lençóis a noturna barata leprosa.

4

Barquinho de aflições, me deixo ir nas frias sombras do inferno.

Você não esquece, cara: nadar de costas, dar o nó da gravata, andar de bicicleta — sem as mãos, olha eu aqui. E dormir... como se faz? De quem esse rosto embaçado no espelho? Tento uma e outra posição, as 64 variações do Kama-Sutra. E nadinha.

Me espicho até a ponta do pé, bocejo, rezo. Entre cochilos e sonhos de assombro. Chego, quem diria, ao outro lado da noite. O primeiro canto do amiguinho sabiá. Em seguida o claro na janela. Me sento na cama, estalo na unha as mil pulgas da insônia.

Cada manhã o Topinho é uma festa, você por aqui, há quanto tempo. Fica de pé, sacode as grandes orelhas. Espera rente ao colchão, estendo a coberta. Ele se deita de lado, cubro-o e logo ressona, gostoso. Se me ajeitar na sua caminha (ah, eu coubesse) passo afinal pelo sono?

5

Sem bolinha, em busca do sono perdido. Na cidade estranha, abordado por um cego, quer ir ao Jóquei Clube, pô, indago aos passantes, ninguém informa, um cego de guia a outro cego? Desperto, câimbra na mão esquerda.

Entro no beco sem saída, tipos ali de cada lado. Longe demais para voltar, eles se chegam, o primeiro me agarra pelo pé — sai dessa, cara. Saio e, muito simples, acordo com grito abafado. Borrão na janela. Me sento na cama, apóio as duas mãos, de pé que te quero. No seu canto, escondido pela mesa, um rabinho alegre bate no chão. Já se espreguiça, perninha pro ar. Sai da cama, se balança pra cá pra lá. Estremece, todo se rebola, estala forte os orelhões. Estendida a coberta, cubro-o de novo, cabeça de fora. Preparo o desjejum, não me perde de vista. A pálpebra pesada, fecha o olhinho, ressona faceiro.

A manhã rosada expõe suas graças na janela. Por que não canta a corruíra?

[155]

6

Atrás da chave das portas do sono, lá me vou, menino assobiando no escuro. Rumo a um encontro, quatro da tarde, olho o relógio — são duas. Oh, não: parado. Alguém me dá carona, já passa das quatro, o trânsito engarrafado. Um compromisso com o Edu, mas onde? Subo a escada, enfio pelo corredor, uma sala de espera, qual das portas? Agora me ocorre: não posso encontrá-lo, uma doença de pele, contagiosa. Aflito, como fugir, com que desculpa? A porta se abre: ele, o pestoso, mão estendida.
Outro sonho, deslumbrante. Esquecer não devo. Pode mudar minha vida: a revelação do segredo do sono. Não é que bem me fugiu? Original, redentor — e para sempre perdido.
Abro a janela, doce manhã de sol, trina a corruíra, canto alto demais para bicho tão pequeno.

7

Hora uivante do lobo. Faz da noite uma assombração. Troca de casais de íncubos rinchando e refocilando à sombra de meus lençóis.

Aqui supino, quieto e caladinho: acendo a luz no porão, rolo a máquina, sobre a calçada o alarido das rodas.

Ligo na tomada, pra cá pra lá.

Não esqueça aquele canto. O cheiro alegre da grama cortada, cosquinha no nariz. De longe me espia o Topi.

Falseio um pé no declive. Balanço o braço esquerdo, epa, o fio longe da hélice. O ronco da velha máquina, cadeira de embalo, cavalinho de pau.

Em volta os sabiás pinicando o cisco. Olha, dois repuxam uma gorda minhoquinha.

Doce frescor no rosto, é a sombra do cedro. E me digo: De que serve o belo jardim se faz de você um escravo do jardineiro?

De costas, caladinho, pra cá pra lá — e sem dormir. Sou eu Nabucodonosor na louca perseguição ao sono ido e esquecido?

[157]

8

Medrosa de assalto, Curitiba à noite é um só latido de mil cachorrões. Já que deitado não durmo, que tal sentado? Essa, não, e a pobre coluna, a dor lancinante nas costas? O grande inquisidor, mal encosta a cabeça no travesseiro, um tiro só, vara a noite — ai, quem me dera. Hipnótico ou barbitúrico, imbecilizado o resto do dia?

No fundo da noite o fio d'água fluindo, uma torneira mal fechada? A eterna goteira dessa desgracida insônia. Ó mulher contenciosa e iracunda, com ela discuto aos berros. Olho o relógio ao pé da cama: três horas. Sempre as três horas. Sempre a escuridão da morte na alma. Descalço, uma volta pela casa. Espio lá fora: uma e outra janela acesa no hospital, nenhum consolo.

Volto a me deitar. Contra mim o sono range os dentes. Prece do peregrino. Na sala, surpreendo o Topi beijando na boca uma cadelinha de franja no olho — esse já não morre virgem.

9

Na longa noite branca um e outro desmaio de temor e tremor. Agora me lembro: marcho na rua, guapo e galhardo (o brinco do novo tênis), de repente a nuca explode. O choque, o recheio se espalha. Puxa: a camisa de vermelho salpicada. Com que susto me sento na cama — o clarão do estrondo, pô. Reconheça a nova diminuição. Ontem você podia, hoje não mais. Agora pode, daqui a pouco bem menos. Até hoje sempre fez, doravante quem disse? Acolhe teus novos limites — e agradece o tantinho que restou. Mais fácil aceitar do que medir a tua mutilação. Onde o ponto exato sem volta, esse que não pode ultrapassar? Sai dessa, velhinho do testículo quebrado. Dormir, nunca mais. Esqueço entre os lençóis o fantasma do terror noturno. Eis que sobrevivi. Não se alegre, cara feia: você foi guardado para sorte pior.

10

Entre cabeçadas no ar, me cai o livro da mão. Apago a luz e, por mais cansado, dormir quem falou? Como faz, ó Senhor, o bendito que dorme? De comprido me estendo até o calcanhar, fecho o olho, relaxo e rezo, é isso? Por que a mágica não funciona? Experimento uma e outra variação, de lado, de bruços — sobrando um braço retorcido, uma terceira mão crispada, uma perna torta. Alguma coisa não dá certo, mas o quê? Não se aflija, me repito. Faça tudo, nunca se desespere. Bem gentil, cara. Não pode vencer a insônia? Convide-a se deite com você. Divida o travesseiro. Ó meu Deus, com ela faça amor. Na rua um riso de mulher bêbada, a porta do carro que bate, o alarme dispara. No silêncio seguinte o trote de um cão perdido.

O mundo despenca e afunda no remoinho do sol negro. Acompanho uma por uma de suas voltas. Na cama quanto giro e suspiro, ó noite sem fim? Basta ver de manhã os mil nós cegos no lençol, o travesseiro estripado pelo avesso — continua amanhã.

11

Vigio, vigio, ai de mim. Ergo na mão esquerda a minha cabeça cortada, o olho vazado do sono. Sai de cima de mim, ó desgracida. Não te agüento mais. Larga do meu pé. Dá um tempo. Respeita o meu espaço. Sua cobradora de uniforme vermelho. Inquietação, culpa, remorso: pô, daquela vez no porão, o segredo vergonhoso? O crime hediondo, aos cinco aninhos? Sonho erótico, quem diria. Ambos completamente vestidos. Entra e sai gente, uma sala pública. Disfarço o arrepio no céu da boca. Falo em voz alta, que digo? No mundo de cabotinos um toque de modéstia é a gota de sangue na gema do ovo. Qual a tua, cara? Febre e ranger de dentes, me arrasto no vale das sombras. Todo encolhido, sono que é bom, nunquinha. Prece e paciência. Coragem, Mimi.

Geme e late o pobre Topi, sem subir a escada. Doloroso, trêmulo, mal encosta no chão a patinha traseira direita. Entra na sala, deita e já levanta, desconfortável. Arranco o espinho, a língua áspera e aflita me lambe a mão. Aqui no meu joelho, sofrendinho, o coração que late.

[161]

12

A cada volta que você dá na cama, um giro da Terra lá fora — ó mãe de todas as noites.

Sonho: a insônia está no travesseiro. Ele, o inimigo do meu sossego. Ao sol, rasgo a fronha, despejo o recheio: unha de rato, asa de barata, bola de cabelo crespo, pele de sapo, cruz negra de papel. Livre do feitiço de trinta anos, urrê, voltarei a dormir?

O clarim tresnoitado de um galo. Oh, não: duas da manhã. Que desgracido bastardinho. Enganado, ele também, por uma luz no poste, um farol de carro? Dirijo furioso, no meio da rua desvio coxo e paraplégico na cadeira de roda. Ai, esse eu atropelei — e salvo por milagre. Com um berro, desperto: nas ruas perigosas, o perneta em risco sou eu?

Saber do cara que não pega no sono sem um bichinho com ele no quarto.

Bolem na vidraça uns dedos tiritantes de frio — é a chuva. No telhado arrepia as penas e tossica o pardal solitário.

[162]

13

Inútil o novo travesseiro. Como fechar a única pálpebra dos muitos olhos da insônia? Todas as noites são dores. Toda noite um grande pesadelo.

Além da insônia, o torcicolo. Mais a câimbra na panturrilha. Oh, misérias de velhinho. Me lembra o antigo tio: *Quem tem achaque? Eu é que não. Caruncho não é comigo. Tenho nada, não. Estou ótimo, durmo feito um anjo* — e mal se ergue da poltrona, meio cego, arrasta no soalho o chinelo de feltro.

Acendo a luz, aos meus pés uma gatinha branca enrolada no tapete, só a cabeça de fora, ali no meio do bando fervilhante de rubros escorpiões — em riste a cauda, medindo o bote certeiro. Medroso e devagar, estendo a mão, ai... Com um grito, acordo sentado na cama.

Três alegrias: o sol na janela, o trino do sabiá, o brilho no focinho do Topi, isso que é amor.

14

Mãos na nuca, em vão vigio. Nu e desarmado enfrento o pavor e a angústia. Como se faz para dormir? Igual a querer se lembrar de um nome que já não acode? O míope sem óculo tentando ver ao longe?

No travesseiro, sim, o ninho de peludas viúvas-negras: com o meu sono engordam, vampiras dos meus sonhos.

Esqueci a janela aberta, um ladrão ronda o jardim. Me levanto para fechá-la, o caixilho podre — e agora, meu Jesusinho? Um tipo se debruça no peitoril: *Desta, não escapa.* Por que, errado o que fiz? *Não me conhece, cara. Sei quem você é. Está marcado, cara.* Tão agoniado, desperto (o peso do segundo cobertor?). Má consciência, profunda culpa, mas de quê? Juro, Senhor. Não fui eu.

Ah, sair pela rua batendo nas portas e gritando socorro. Outra das manhas do Divino?

Consolo de toda manhã, o rabinho no soalho: alegria, alegria, ó cara. Me ajoelho para um agrado, ele já ressona.

[164]

15

Na noite do horror me perdi, o meu gemido sobe até a Lua. Com a insônia, deprimido, idéias negras batendo asas em volta da cama. Desde quando a prece evita o pânico? Vez por outra, acendo a luz (de quem essa mão com um olho na palma à caça da tua no escuro?), mais protegido. Nunca espie debaixo da cama. Nem o relógio, se duas da manhã, você está perdido. Uma noite de dores não tem fim. Você é barata leprosa e pálida de medo.

Perseguido por um inimigo, sem saída me volto para enfrentá-lo: homem não é, um cachorrão preto, espumando os caninos. Eis que me elevo no ar. Estou voando rasante, a grande velocidade. Vou cair, estou caindo, alguém me acuda... Aos berros, acendo a luz. Claro na janela, de pé um tipo garboso e altaneiro.

Onde a minha irmã corruíra, que sonho a levou, ingrata, para outros amores? Três casinhas ali no beiral, poleiro e tudo — e vazias. Não faz mal: outra corruíra canta no meu peito. A graça de estar vivo na manhã assim de sol assim.

[165]

16

Durmo difícil, acordo fácil. Puxa, trinta anos, noite
após noite, uma araponga louca esfolando vivo o silêncio.
Fora, traidora, a mim vingança. Pronto, agora durma, quero ver. Uma e outra posição, prece, passo pelo
sono. Desperto, rezo, cochilo, rezo, pesadelo.
Na rua um velho amigo arrasta os pés, amparado
no braço do filho. Outro, de perna dura e bengala, o
fundilho manchado da calça. A querida namoradi-
nha, oh, não, essa gorda senhora patusca? E a mim,
como verão eles a sinistra decadência, o fantasma
gargalhante do passado?
Se olhasse o relógio? Melhor não. Sempre as mes-
mas três horas no olho negro arregalado do abismo.
Nem pio de corruíra, além de nanica, voto de silêncio?
Mancha na janela, esmago os sete pernilongos da
insônia. Mas não o espírito imundo da depressão.
Deixo a barba crescer? Onde a coragem de descascar
uma laranja?
Fresca e risonha, a manhã bate palmas à porta da
cabana.

[166]

17

O galinho perdeu o relógio, canta fora de hora —
nem um outro acode? Acudo eu, última sentinela
contra a invasão ululante dos bárbaros.
Até ontem dormir eu podia. Hoje não mais, nunca mais. Não insista, cara. Renuncie, se conforme — e
agradeça o que o pesadelo lhe deixou.

Fiapos de sonho, confuso diálogo, uma frase solta:
O sonho secreto de toda rainha louca é cortar os pul-
sos e morrer cantando na fogueira.

Que noite, mal de mim. De repente, o nó górdio
nas entranhas, uma volta cega na alma. O canto do
sabiá, sim, é anúncio veraz. Não o tímido clarim do galinho bêbado aos tombos no poleiro.

A manhã de verde cabeleira esfrega na vidraça o
carão azul. Onde está, ó corruíra, o teu cantiquim?
Ofendida porque a chamei nanica.

Com a insônia me deito (o anjo preto da foice
faiscando no escuro), com ela me levanto. Para que
durma a cidade, é força que eu guarde e vigie?

[167]

18

A velha insônia tosse uma, duas, três da manhã. A enfrentá-la me decido, terra seca de pragas e espinhos. De uma posição para outra, sem achar sossego. Gasto a prece do peregrino, tanto repeti-la. Arrebatado por uma onda de medo. Dá uivos, ó maldito. Berra, desgraçado. Sono curto, sem mais dormir. Ai, Jesus Cristinho, tem dó de mim.

O caranguejo vivo no panelão de água fervente, aos gritos que você não ouve, arranhando com as garras a tampa descida do céu.

O que não pode ser — pesado, medido, contado, cuspido. Meu novo limite. Sempre mais aflições ao aflito.

Pobre Sansão, fosse bom amante, não o trocaria Dalila por um filisteu qualquer. Essa, agora?

Sol glorioso. No cedro mil galhinhos gritam verde, verde. Céu azul, trino de sabiá. Na ponta do galho ele me chama, assobio duas notas, o carinha responde — e, por ele, ficaria toda a manhã.

De ciúme, o Topi ergue sem parar a patinha, não pinga uma só gota.

19

Espio dentro do guarda-roupa e debaixo da cama:
onde o ladrão do meu sono? Com uma xicrinha branca de café, olha eu aqui, a
esgotar o negro poço das horas sem fim. Saio de um pesadelo (uma, duas da manhã? nunca olhe o relógio), agonia e espanto. Bem quieto, chocando o ovo de basilisco da insônia.

Na cozinha, antes de vê-lo, saudado por um só rabinho que bate palmas. Durante a noite, ele se descobre, colchão de espuma pra cá, lençol pra lá. Arrumo a cama, ele se enrodilha no canto. Estendo a coberta, falo com ele, mal abre o olho pesado de sono. Espicha-se de lado, estremece até o terceiro dedinho do pé esquerdo. Quem sabe um sonho erótico?

Há que de anos, nunca o vi sem lhe fazer um agrado. Nunca ele me olhou sem abanar o rabinho. Cada vez que chego (para ele de uma longe viagem), correndo e ganindo em volta do salão — sai da frente, ó cadeira.

Aqui na janela a manhã abre o casaco verde e exibe as graças de mocinha nua.

[169]

20

O travesseiro ao pé da cama... ai, bem me falta a gordinha e ruiva Molly.

Apago a luz, fecho as pálpebras, já se acendem as pupilas dilatadas da insônia.

Um barquinho bêbado aos trancos nas ondas crespas da culpa e do remorso.

Gracinha de uma da manhã: No teu labirinto a única saída é o ventre do Minotauro.

De três da manhã: No útero de negridão viscosa, eu, o fruto maldito da... puxa!

De cinco da manhã: Sou eu Napoleão nas compridas noites de Santa Helena que sonha acordado e vence mais uma batalha de Waterloo.

Mãos trêmulas me sacodem:

— Acorda. Ei, cara, acorda.

Assim que... Pô, o teu próprio anjo da guarda contra você.

Cada noite é a noite mais longa do ano.

21

Escamas no olho, tateio a porta secreta para o reino do sono. De mansinho o ombro pra cá, o pé direito pra lá. Respiro fundo uma prece. Em busca da fórmula mágica — abre-te-sésamo para o breve desmaio. Ora inclino o pescoço, em vão. Ora encolho o joelho, inútil. Não é a posição certa. Com a palavra-chave. Na horinha em ponto. Mil e uma são as combinações do segredo proibido. Agora sei: basta que durma, única vez, a certeza da minha danação. Do meu mundinho será o fim. Eu, o guardador de minha sombra, único atalaia na torre da solitude.

Se me distraio, esquecido nos brancos lençóis do sono, entrará pela janela o violador de minha consciência, o carniceiro de minha alma. Salvá-la, sim, é o preço de ficar para sempre desperto.

A tua destra se ergue medrosa no escuro e, antes de achar o interruptor, que outra mão à espreita já vai agarrá-la?

22

Eu vi, ô louco. Foi o Diabo que eu vi. O carão do Outro. Sempre o neguei, nunca que podia. Esta noite, três da manhã, o tempo suspenso. No escuro, o sopro gélido de uma porta que se abre. Ouço uma sombra se mexendo na parede. Quem vem lá? De repente, eu o sinto ao pé da cama. Ali debruçado. Bem ele, o maligno. Só o que vejo e me cega: um olho de brasa viva. Fala com a minha voz, que abafo na palma da mão. O meu segredo vergonhoso. O meu crime aos cinco aninhos. Ah, esse corno flamejante, quem o pode fitar? Tão grande horror, para exorcizá-lo estendo o braço e acendo o abajur.

E com a lâmpada acesa — oh, não — ainda ali. Inclinada e ofegante, a visão de fogo pingando sangue. Perdido fecho os olhos, para sempre perdido: debaixo das pálpebras, ainda ali.

O Diabo e eu. No meio da noite, cara a cara. Agora é com nós dois.

23

A noite, que já foi de minhas delícias, uma canção de ais e assobios.

Nunca durmo: apenas mudo de posição na cama. Vigio, vigio na cidade o mais furtivo passo. Atento a cada voltinha da Terra. Conto uma por uma as crateras da Lua. Dou nome a toda estrela no exército do céu. E o meu gemido no frio eterno dessa noite sem fundo.

Agora o acerto final. Entre o vazio e o nada, um salto no escuro. Com o Outro, corpo a corpo. Só acordando para me livrar.

Ah, o maldito é mais esperto: acordo, sim, dentro do sonho, que continua.

Este livro foi composto na tipologia Minion, em
corpo 13/19, e impresso em papel off-set 90g/m²,
no Sistema Cameron da Divisão Gráfica
da Distribuidora Record.

Seja um Leitor Preferencial Record
e receba informações sobre nossos lançamentos.
Escreva para
RP Record
Caixa Postal 23.052
Rio de Janeiro, RJ – CEP 20922-970
dando seu nome e endereço
e tenha acesso a nossas ofertas especiais.

Válido somente no Brasil.

Ou visite a nossa *home page*:
http://www.record.com.br